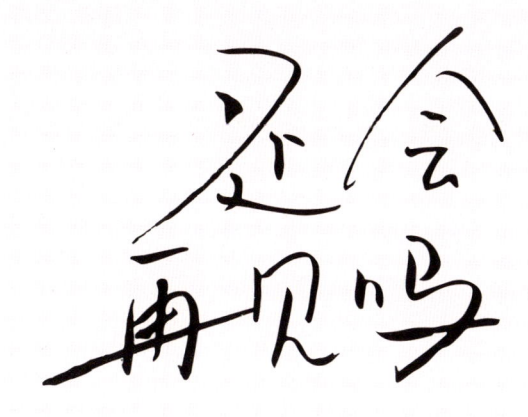

还会再见吗

will I
see you
again

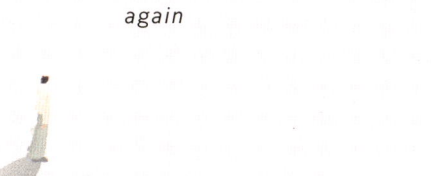

白子玉 —— 著

四川人民出版社

硬卧车 YW$_{25G}$ **682095**
YINGWOCHE

我们还会再见吗?

WILL I SEE YOU AGAIN

有些人的出现虽然给了你一场空欢喜,
却让你在往后的时光里,每当想起一同走过的日子,
都觉得"遇见你真好,好到我一想起就想笑"。

你有想再见的人吗?

时光如潮水，席卷而来，片甲不留，
我们在仓促慌乱的逃跑中想要抓住什么，
却发现关于过往，只能回忆，却不能再见。

WILL I SEE YOU AGAIN

WILL I SEE YOU AGAIN

有些人，喜欢过就够了，
还能再联系上就够了，
都被彼此珍惜过就够了。

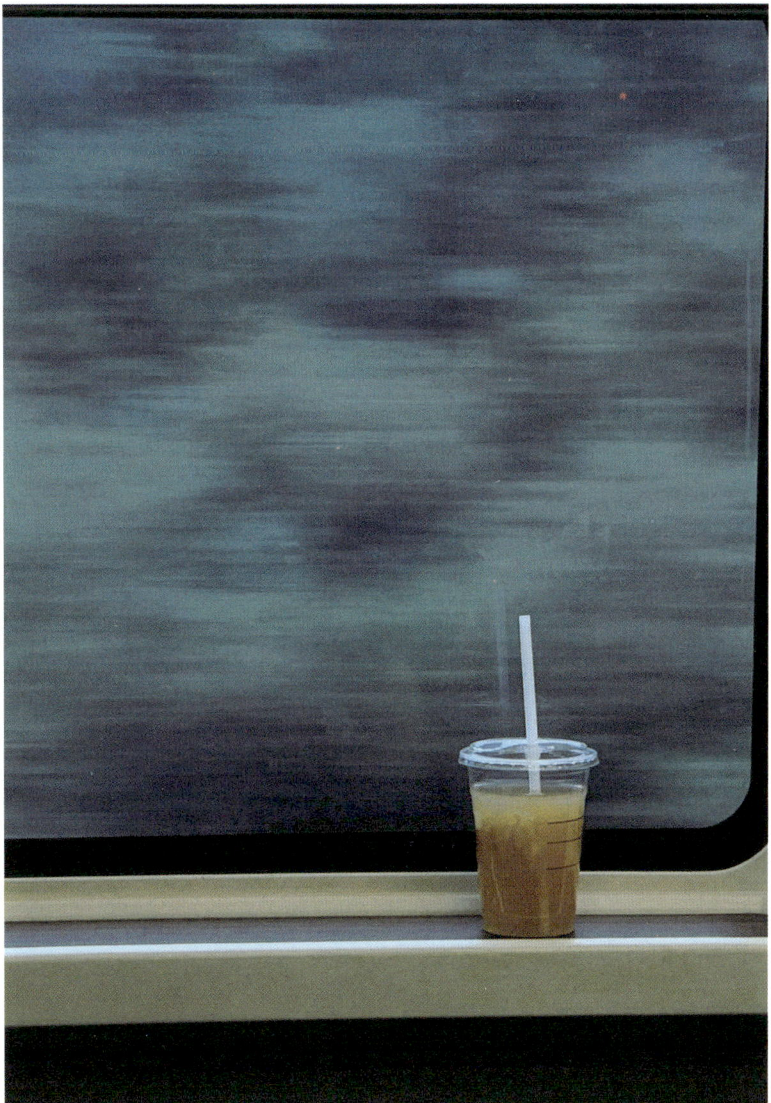

有些事情，被时间洗涤之后，就不再重要了。
真相只在有限的时间里有意义。

WILL I SEE YOU AGAIN

祝你我在循规蹈矩的生活里，
找到属于自己的支点，不惧前路，也不会慌张，
即便犯了错，也不会一蹶不振；
即便失去了一些，也相信还会拥有更多。

年轻时，总是万般期待长大，憧憬外面的世界。
长大后却发现不过如此，人生并没有因为长大而变得丰富。
时间的超能力只能淡忘过往，却不能更改任何片段。

最后我们还是错过了。

WILL I SEE YOU AGAIN

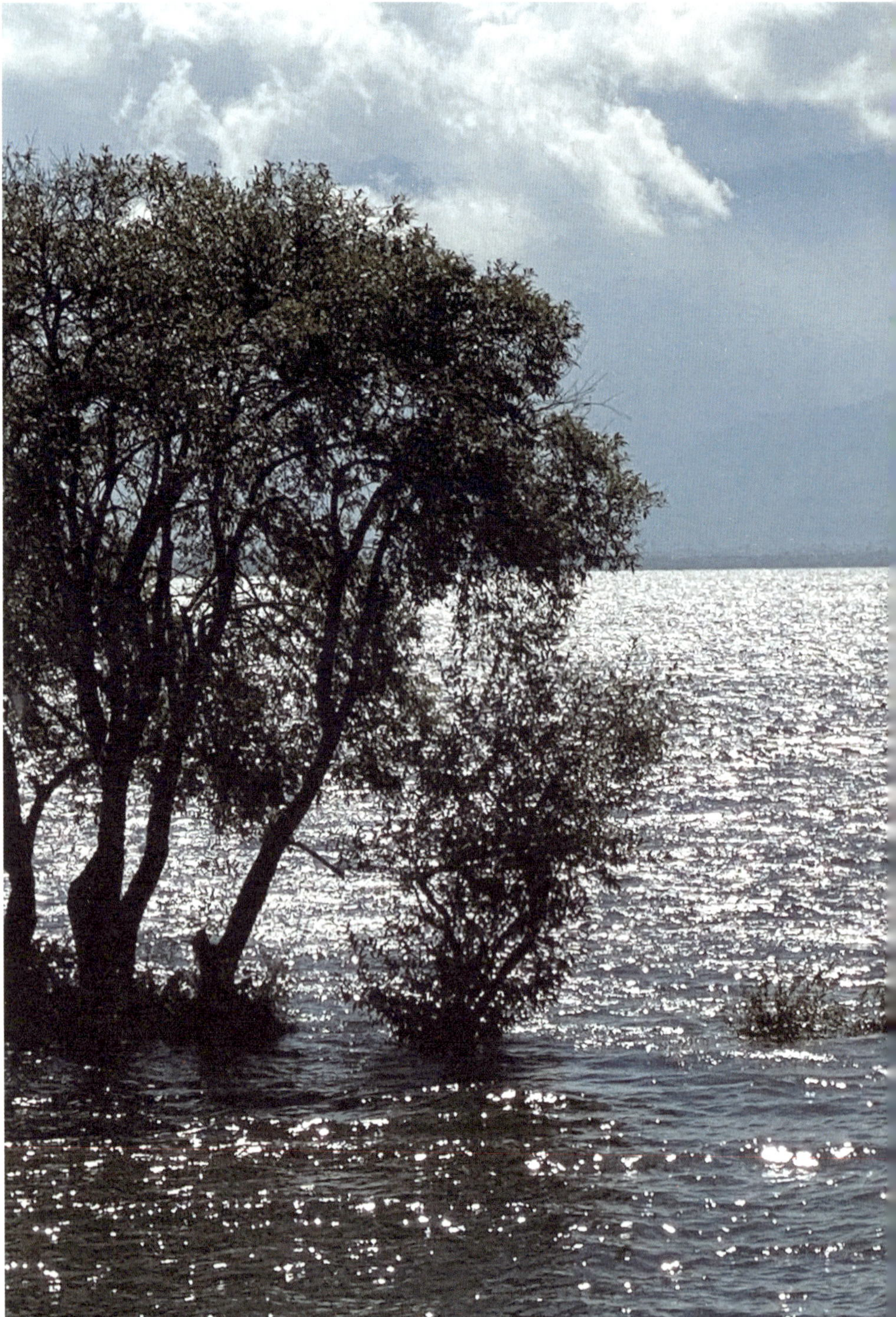

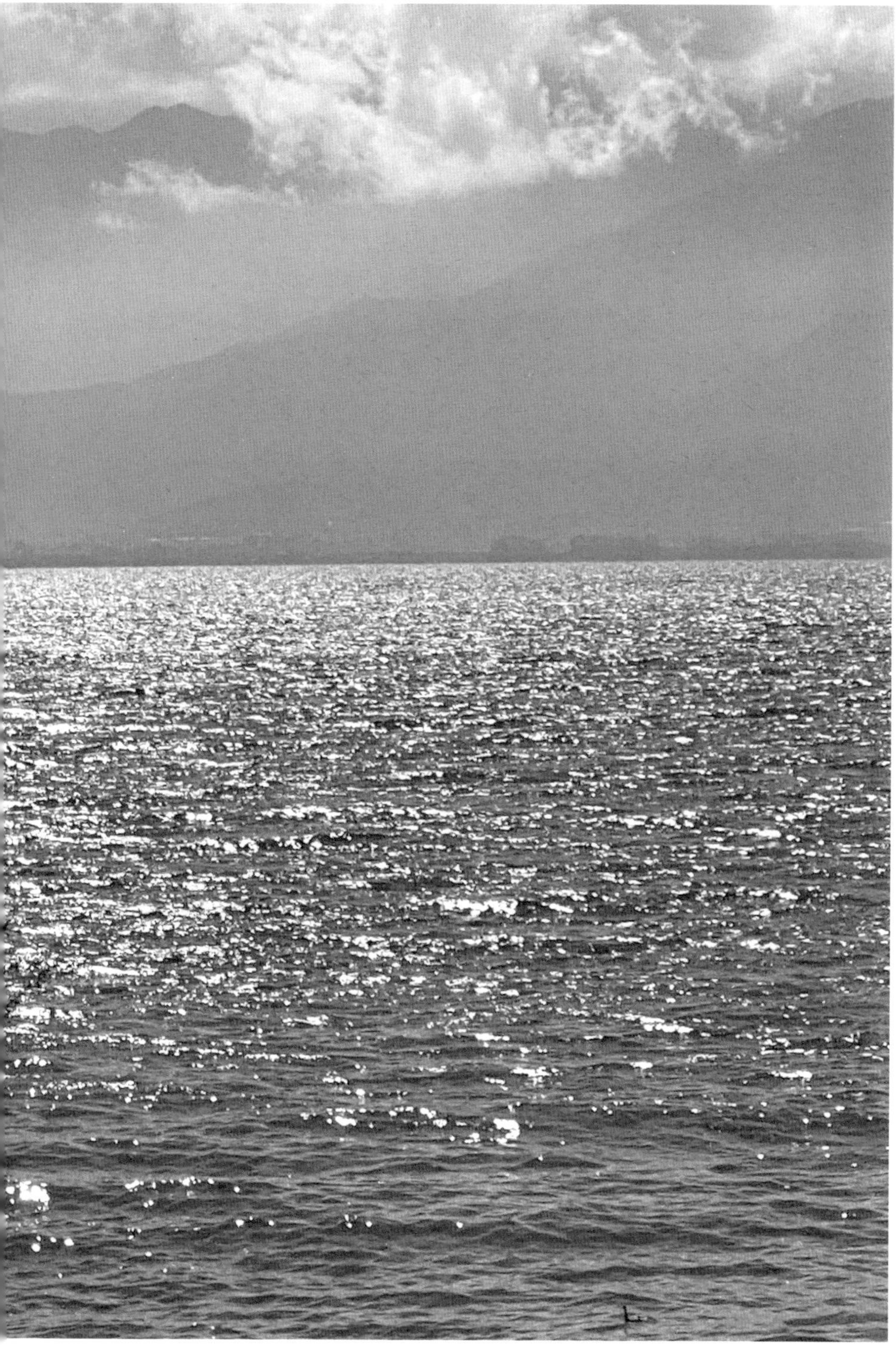

WILL I SEE YOU AGAIN

后来，你们有再见吗？

推荐序
去做我们想成为却还没成为的那种大人吧

我们都喜欢回望,还在的,远去的。或许当时找不到答案,但后来,都有了。

我们在人生里穿行而过,曾经牵着我们的人在某一天离开,而时间的尽头,是我们忍不住回望的眼眸。我不愿称之为留恋,我想,那是释然。

一生这个词,我们不会清浅地走过,我们身体里的故事,也不会连同泪水被擦拭。

如果可以,我希望一切都一成不变地美丽着。对,是一成不变的。

我多么希望,我们都能一生稳妥,而那些离散的人,还倚靠在你我身旁。

还会再见吗

  这是我读这本书的感受，我不曾泪流满面，但谁说"平静"不是更汹涌的力量。

  这是我认识子玉的第八年，她是我最好的朋友，也是我最珍视的工作伙伴。她不是一个浪漫的人，但我总觉得她的真诚特别动人。

  我无比开心，今天她有了自己的作品，也拥有了你们。

  谢谢你，谢谢她的文字会被你看到。

  但希望你别哭，我们就一起在故事里，做我们想成为却还没成为的那种大人吧。

蕊希
2023年4月2日

自　序
岁月早将成长的礼物赠予你我

听说，人这一生会遇见2920万人，所以，亲爱的朋友，当你打开这本书的那一刻，我们便"相遇"了。

2016年，我因为写公众号而逐渐被人知道，那一年我大三。对于一个还在读书的学生而言，读者的评论和鼓励给了我莫大的信心，也悄无声息地改变了一个普通大学生的人生走向。

这些年，我写了几百篇文章，在那些文章里，我获得了很大的成长和源源不断的力量。自己的文字能被人看到并认可，是一件颇有成就感和幸福感的事，这支撑着我有了更大更远的目标——写一本自己的书。

这就如同一座里程碑，是作者的见证；也如同一座灯塔，是作者的归途。

还会再见吗

　　写短篇故事是我早就决定了的，成长的路上我遇见、听说过很多的人，他们温暖又善良，冷漠又执着；他们相遇又分开，错过又重逢。他们有太多难忘且深刻的故事，我不忍在未来的人生长河里将其遗忘。

　　删删改改了很多版，经常是几万字的内容全部删光再重写，创作历经两年多才给出版方提交了完整的稿件。时至今日，我必须承认它仍不完美，放在浩瀚的文学作品库里稚嫩渺小，但我竭尽全力赋予了它独一无二的生命特征，它是真实的，也是真诚的。

　　亲爱的朋友，感谢你阅读书中的故事，与我笔下的人相识，他们身上有我的影子，我想也会有你的。

　　祝你我在循规蹈矩的生活里，找到属于自己的支点，不惧前路，也不会慌张，即便犯了错，也不会一蹶不振；即便失去了一些，也相信还会拥有更多。

　　祝我们平安喜乐。

白子玉

2023年4月24日

目 录 Contents

Chapter 1 最后我们还是错过了 / 001

Chapter 2 以朋友的名义爱着 / 039

Chapter 3 后来的我们，没有再联系 / 077

Chapter 4 我终于失去了你 / 135

Chapter 5 路过你生命的每个人 / 191

WILL I SEE YOU AGAIN

时 间

是 回 忆 的 合 集

Chapter 1

最 后
我 们 还 是 错 过 了

I MISS YOU

还会再见吗

❶

迎着下午柔和的阳光,

许晋注视着付欢上车离开,

就像十几年前,

他在台球厅迎着夕阳等她放学一样。

❷

人这一生,会遇到很多人,

有人教你成长,有人教你失去,

有人陪你一程,有人伴你走完后半生。

徐山，这座城市如同它的名字一样，安稳且踏实。但也正因为安稳踏实，发展缓慢，留不住什么人，尤其是年轻人。

但许晋不一样，哪怕身边的人一个接一个地离开这座小城，他都从未动过要离开的念头。

许晋时常在想，那些离开家乡的人，他们四散在不同的城市、不同的角落、不同的工作岗位，会不会后悔当初的选择。可惜啊，那些远走他乡的人，这些年如倦鸟归巢般，只在家乡做短暂停留，然后又挥动翅膀，再次离开。

留下的人永远不会走，走了的人再也回不了头。

许晋只在微信里偶尔看到付欢回来的消息，什么时候回来，什么时候走,他都不清楚。只听共同认识的朋友在饭局上偶尔提起付欢:"那姑娘现在在北京混得不错,八成要定居那儿了。""找个北京男人一嫁,摇身一变就是新北京人了。"

许晋往往是沉默的,关于付欢的消息,哪些是真,哪些是假,他也不在意。这些年,他一直很挂念付欢,哪怕多年未见,也经常想起她。

年轻时,总是万般期待长大,憧憬外面的世界,长大后却发现不过如此,人生并没有因为长大而变得丰富。

时间的超能力只能让人淡忘过往,却不能更改任何片段。

***

遇见付欢那年,许晋十八岁,毛头小子的年纪,在徐山一所职业学校学设计。明明什么都不会,什么都不懂,却自以为什么都能抓住,想要的都能拥有。

许晋还记得那天放学,他和几个男孩子混在校门口的台球厅,抽着几块钱一盒的劣质烟,一杆接一杆地打台球。换场的时候,许晋趴在窗台上发呆,时不时望向马路对面的学校。那是徐山排名前三的实验中学,学生们穿着规矩的校服,留着千篇一律的发型,男生是寸头,女生则是齐耳短发,没有一点新意。不像许晋所在的职业学校，女生烫发化妆没人管，男生抽烟打架也没人管。两所学校被马路隔离在两侧，看似离得很近，却通向不同的方向。

许晋漫无目的地看着对面，刚放学的学生，三五成群，时而在校门口的书店里挑选杂志，时而在奶茶店门口排队买奶茶。他坐在二楼窗台口，看得一清二楚。

突然，奶茶店门口人头攒动，徐晋一眼便注意到了人群中被围住的那个女孩。因为有人插队，那女孩一把把人家拽出了队伍，两个女孩便吵了起来。插队的女孩态度恶劣，不仅不道歉，还叫来同班同学。围观的人越来越多，眼看着对方人多势众，要动手打人了。许晋不知道哪根筋搭错了，扔下球杆，拉着好朋友就跑下了楼。许晋一把推开人群，站到女孩旁边，侧过脸问她："我在对面楼上等你半天了，你怎么才出来？"女孩明显怔了一下，然后心领神会，顺势说了一句："哦，我和同学买奶茶呢……现在可以走了。"

插队的女孩看着突然闯入的许晋，高高大大，站在旁边，穿的还不是和自己一样的校服，也就收了气焰，转身离开了。围观的人也三三两两离开了奶茶店门口。女孩见状，慢慢缓过

还会再见吗

神来，松了一口气，扭头对站在旁边的许晋说了一句："刚才谢谢你了，帮我解围。"

许晋看着眼前这个女孩，虽谈不上漂亮，也不白净，小麦色的皮肤，额头上还有未褪去的青春痘，但眼睛格外透亮有神，令他一瞬间挪不开眼。许晋回过神来说："没什么，我在对面打台球看到了，就下来帮个小忙。我叫许晋，你叫什么？"

女孩抬起头，简短地回答了两个字："付欢。"

那是他们相遇的开始，许多年后许晋回想起来，仍觉得神奇。他不是爱多管闲事的人，更何况是素未谋面的陌生人，可当他看到付欢被那几个人围在中间孤立无援的样子，一股莫名的冲动让他想护住她。

付欢递给许晋还未喝的奶茶道谢，说了再见就准备离开。许晋无心继续打球，回台球厅拿起书包就追了上去。

那条短暂的回家路，许晋慢悠悠跟在付欢身边，有一搭没一搭地聊着天。付欢读高二，成绩不错。许晋挠挠头，不知道和这个女孩聊点什么，荤段子不能讲，脏话不敢说，打架抽烟的事情更羞于启齿，一下变得扭捏了起来。真神奇，徐晋从来没有过这种感觉。

＊＊＊

那之后，许晋总会在上学的路上"偶遇"付欢。付欢的书包又大又沉，许晋总是一把摘下，扔在自己肩上，还不忘嘲笑付欢被这大书包压得都不长个儿了。每天放学后，许晋都在台球厅等付欢，坐在窗户边儿，看成群的学生陆陆续续走出校门。高二的学生放学也很晚，许晋等了一会儿又一会儿，眼睛不断在人群里搜索，生怕错过付欢。一看见付欢的身影，就拎起书包跑下去，和她一起回家。

付欢也不拒绝这个突然闯入自己生活的新朋友，两个人打闹着走过上学放学的路，约定好第二天见面的时间。

付欢生日的时候，许晋送了付欢一双手绘的帆布鞋当礼物。在付欢辛勤上课的日子里，许晋百无聊赖，一笔一画手绘了这双鞋。上学大家都要穿校服，衣服上搞不出什么名堂，就爱在鞋子、书包上做文章。许晋想了很久送什么生日礼物给付欢，最终决定送这双独特的鞋。

许晋想让付欢穿上这双鞋和他走以后的路，他想让这个女

还会再见吗

孩在学校里和别人不一样。那个年纪的男孩，心思纯粹简单，心意一目了然。鞋帮上用很小的字写着他们认识的日子。

付欢收到鞋，红晕悄悄地爬上了脸颊。

往后的日子里，两个人几乎形影不离。许晋会去补课班接付欢下课，付欢陪许晋在篮球场打球。许晋总是会念叨付欢，两耳不闻窗外事，一心只读圣贤书。付欢总是反驳他："你明明就是我的窗外事好不好。"

两个人吵吵闹闹地往家走，没想到迎面就被许晋的妈妈撞见。

许晋肩上还背着付欢的书包，他怔了一下，又迅速放松了下来，十分坦然地指了指付欢，说："妈，这是付欢，实验中学的，学习很好。"

付欢赶忙站好，恭恭敬敬打了招呼："阿姨好，我是付欢。"

许晋妈妈没多说什么，点了点头，招呼许晋早点回家。

看着许晋妈妈的背影越来越远，两个人都放松了下来。付欢手心都出汗了，照着许晋的后背就给了一巴掌，责怪他说："让你拉拉扯扯，不好好走路，这下好了，被阿姨撞到了吧。"

许晋满不在乎:"这有什么?早点碰到也好,反正以后也要把你介绍给我妈认识。"

付欢憋不住笑:"你就这么肯定呀!"

许晋瞪了付欢一眼:"当然了!百分百肯定。"

付欢拽了拽许晋的衣角,害羞地嘀咕着:"瞎说什么呀!"

许晋揉了揉付欢的脑袋,在心里默默地做了一个决定:要赶紧长大,一直陪着付欢。

年少时,想象力有限,关于未来的全部想象局限在岁月静好里,以为人生一片坦途,尚未感受到命运的风浪拍打,便也就无法预料命运中有多少吊诡与意外。

***

转眼,付欢上了高三,许晋仍陪在付欢身边。上高三后,付欢每天忙着上补习班、上晚自习,忙着刷题,学习压力很大;许晋从职业学校毕业后,去了一家餐饮公司,买了一辆小摩托,每天下班骑摩托去学校门口等付欢放学。

可付欢还没坐几次,就在学校不远处被教导主任拦了下来,盘问他俩是什么关系。付欢紧张地搓着手,不知如何回答是好。许晋张口就说:"我是她表哥,她妈妈让我来接她放学。"

还会再见吗

教导主任上下打量了他们一番，然后教育付欢要以学习为重，最好自己上下学，即便家人来接，也不要像小混混一样，这么招摇，他们这里是徐山最好的高中，大家都是奔着清北去的，不要影响到别人。付欢应付着点头。等教导主任走后连忙安慰许晋："没事儿，别管他，他出了名的事儿多，以后你把车停到前面那个路口等我就行。"

许晋知道付欢没把教导主任的话放在心里，可那句"小混混"还是像针一样，扎在了许晋心里，让他一下子惊醒。原来在外人眼里，他们一个是全市最好高中的学生，而另一个是"小混混"。

许晋的工作不好做，他学历不高，分配到的都是体力活，挣得不多还特别忙，忙起来有时候白天晚上连轴转。而付欢除了上课、学习，忙的是参加竞赛、练习口语、评选三好学生。

许晋逐渐开始意识到他和付欢的不一样。付欢就像阳光下的向日葵，璀璨地向阳生长；而他不是，他早就暴露在风吹日晒的土地上，接受着生活的拷打，无处遁形。

他想和付欢讲他工作中的麻烦事，但思来想去还是咽了下去。他知道付欢既不懂他的经理为什么总是给他排夜班,也不好奇连锁快餐店的人员流动为什么那么大,他的忧愁付欢不解也帮不上什么忙。这个年纪的男孩,把面子看得比什么都重要。他那作祟的自尊心让他无法坦然地面对自己的无力和脆弱。他想做付欢的天,想要保护她,想要她可以实现自己的梦想,而不是听他抱怨自己疲惫生活中的不堪。

后来,他们见面的次数越来越少,沉默越来越多,见了面也很难理解对方的生活。付欢讲学校的事情,许晋插不上什么话;付欢好奇许晋的工作,许晋却并不想说太多,一两句带过。再往后,两个人开始争吵和冷战,付欢埋怨许晋的冷漠,许晋心里憋着一股劲儿,极力想证明自己,但更多的是无奈。

年轻时,我们空有一腔无处释放的真诚和爱意,尚未对人生的全貌做足了解,就信心满满地要守护身边的人。但站在人生的路口上,如同随波逐流的一片羽毛,尚且把握不住自己的走向,更别提兼顾身边人的生活。自身都难以保全,又有谁可以互相依靠。

还会再见吗

那段时间，许晋时常上夜班，凌晨归来，而那时，付欢刚醒不久，背着书包去学校。许晋已经很久没有陪付欢上学放学了，不是不想，而是做不到。偶尔有时间在一起，也总是争吵。

付欢主动提出让许晋骑摩托车去学校接她，许晋担心被老师同学撞见又要影响付欢，于是一直拿自己上班很忙、下班后很累的理由拒绝。付欢想去许晋上班的地方看看，许晋也拒绝了，他那群没什么文化、说不了几句好话的同事完全没必要让付欢接触。

付欢发了几次脾气，许晋也不解释什么，闷不吭声，只想着等付欢上了大学，他换个工作，可能就好了。可付欢的状态并不好，整个人闷闷不乐，学习成绩也跟着上下摇摆。许晋看不下去，但又不知道该如何解决，他想他们是不是扛不过去了，如果一直这样，付欢是不是就被他耽误了。

他们从一开始就不是一路人，差等生和乖乖女的差别不仅仅是成绩，他们眼里看到的、心里在意的、脑子里思考的，从来都不一样。

许晋天真地以为有了爱就有了一切，但他发现，面对付欢，只有爱是远远不够的。

提分开的那天，许晋早上刚下夜班，默默地站在付欢家楼下，疲惫不堪。天色微明，色清如洗，再过十五分钟，付欢就要出门上学了。许晋顿了很久，发出了那条短信。

许晋忘了那天自己是怎么走回家的，他一头扎在床上，大睡不起。等他醒来，已经是第二天下午了，他整个人发着高烧，便请了假在家休息。手机里一条消息都没有，付欢一条信息也没回，连个表情包也没有。

像是一拳重击，无力地打在棉花上，许晋整个人像霜打的茄子，无精打采，不知如何是好。

二十来岁的男孩子，开始体会成人世界的残酷，自信心被生活反复碾压了几次，开始质疑自己还有没有干翻生活的能力。

许晋当时月薪不到三千，刚到单位，没日没夜地工作，应付领导的饭局，忙着在单位找准自己的位置。而付欢不一样，她一直梦想着考上大学去北京看一看，她成绩优异，会有更好的未来。这未来是他给不了的，是他踮起脚也够不到的。许晋不想付欢跟着他，留在这座小城里，做一份普通的工作，掉进生活的旋涡。他的付欢志向远大，心气很高，和这里的人不一样，她不属于这里。

和付欢提分开后，许晋始终没有收到她的短信。从一开始忐忑地等待，到后来焦灼地担心，最后犹如石沉大海。许晋整个人都没了精神，时而难过得要发疯。付欢为什么什么反应也没有？她可以打电话骂他狼心狗肺，可以发短信谴责他不像个男人，她甚至可以找到他打他一耳光，可是付欢一丝回应都没有。

只要付欢回一句不同意，许晋一定会第一时间去到她面前，告诉她不论未来怎样，他都会在她身边。但他没想到付欢会沉默，沉默的意思是接受，是同意，是没有丝毫的不舍和挽留。

也许付欢也想分开了，只是在等，等许晋先说，等许晋去做这个放弃感情的恶人。

好吧，他成全她。

分开后，许晋除了上班就是在家打游戏，原野就是他在游戏中认识的，一个早早退学进了社会，在商场当售货员的年轻女孩。他们一开始只是约着一起打游戏，后来发现上班的地方离得不远，就约着下班一起喝酒打游戏，顺便吐槽令人讨厌的领导。

原野非常喜欢坐许晋的摩托，每次都闹腾着让许晋开快一点。深夜十二点的徐山城区，他们坐在路边摊的小马扎上，买来五块钱一份的烤冷面和肉串，就着啤酒侃大山。

许晋在原野身边体会到了久违的自在轻松，不用担心回去晚了有门禁，不用害怕走在路上会被哪个同学碰到，不用抽一支烟都要喷香水掩盖，更不用小心翼翼地维持一段感情，含在嘴里怕化了，捧在手里怕掉了。

日子不疾不徐地过着，两个人在一块儿时间长了，竟有了想走下去的念头。

***

再次见到付欢已是很久之后了。

有天，许晋陪原野去买东西，路过实验中学，正赶上学生们放学。许晋拉着原野穿过人群，突然听见一个女孩喊："付欢，你等等。"

听到付欢名字的那一刻，许晋整个人突然定在了那里，他回头，一眼就看到了人群中的付欢。

两个人许久没见，也毫无对方的消息，此刻碰到，竟连眼神都不知道该往哪里放。目光交汇的那一刻,许晋本能地松开了原野的手,站在原地怔怔地盯着远处的付欢。付欢扎起了辫子,穿着宽大的校服,背着沉重的书包,抱着一摞书站在那里,脚上的那双鞋许晋没见过。

目光交错的几秒钟,许晋心中涌上了难以言说的复杂情绪,是想念,是渴望,是不知所措。他不知道付欢看没看见他眼里的千言万语,又读懂了哪一种。付欢也同样看到了许晋,可是没什么表情,像是在路上碰到了一个路人,眼神交汇后,就和那个喊她的女同学一起走了。

原野站在许晋旁边,顺着他的目光,看到了远处那个稚气未脱的女孩。即使许晋什么都没说,原野也都懂了。

看到付欢离开,许晋扭过头来,说了一声"走吧",就自顾自往前走了。他没拉原野的手,也没解释什么。不知道为何有做贼心虚的心理,明明已经分开了,可许晋不想让付欢知道他又谈恋爱了。然而付欢并不在意,都是自己自作多情。这么久了,原来放不下的只有许晋自己。

那次碰面后,许晋也不藏着掖着了,带原野到处见朋友,骑着摩托车载着原野一起上下班,还和她一起买菜做饭。偶尔在路上碰到付欢,也不躲避,面无表情地从付欢身边飞驰而过,一阵痛苦紧跟着一阵解气。他企图用装出来的视而不见佐证自己其实没那么在意付欢,他试图用和原野的恋爱为过去画上句点。别人信不信他不知道,但恍惚间,他常常信以为真了。

那年高考,徐山市的成绩很不错,尤其实验中学,一本率又创新高。许晋琢磨着付欢应该考得不错,大概率要离开徐山去北京了。两条并不相关的直线在某个时间点短暂交会,又各奔东西。许晋知道,他和付欢只会越来越远。

***

再次碰到付欢,是在肯德基,付欢趁暑假在那里兼职。许久未见的两个人面面相觑,许晋不知道该如何开口,更不知要说些什么。

还是付欢先开的口:"你刚下班?没和女朋友一起啊?"

许晋又紧张又尴尬,搓着手回答:"她今天上晚班。"

付欢边说话边走到点单台前:"我有员工折扣,可以打折,就在这儿吃吧。"

许晋应允了一声，跟着付欢的脚步，在靠窗的位置坐下。坐在那里，许晋盯着对面的付欢，不知道如何是好。

许久没见的陌生夹杂着偶尔心存幻想的想念，压抑在心底的委屈和时常按捺不住的疑惑，刹那间，像决堤之水，汹涌而来。

许晋忍不住问付欢："你报了哪里的大学？"

付欢不紧不慢地吃了一根薯条，回答："咱们这里的师大。"

许晋一下子蒙了，他从来没想过付欢会留在这里，以至于声音有些颤抖："你为什么没去北京？"

付欢正巧抬头对上他的眼睛："考得不好。"然后不等许晋多问就转移了话题，聊起了别的。付欢问许晋的工作、最近的生活，许晋就像被老师提问的学生，机械而紧张地回答着付欢的问题，不知道自己说的哪一句才是及格的答案。他脑子里全是疑惑，她为什么没去北京？她成绩明明很好的，是我耽误了她吗？

种种想法在心中盘旋碰撞，如同坐上一辆极速前行的车，心跳不由自主地加快。许晋好奇付欢的生活，好奇他们分开后的日子,他有无数的问题想问付欢,但怎么也张不开口。

临近付欢下班,许晋迅速起身,喊住付欢:"我送你吧。"那是付欢第一次没有任何迟疑地坐上了许晋的摩托,不用担心被教导主任看到,也不用在乎同学们的议论。

从肯德基到付欢家,骑摩托车不到十分钟。许晋故意放慢了速度,想开慢一点,再慢一点。曾经,许晋认为最浪漫的事就是骑摩托载着付欢去兜风。

夏天的徐山没有那么闷热,傍晚的微风从耳边徐徐吹过,很舒服。落日余晖,温柔如水,摩托车行驶在宽阔无边的公路上,仿佛只要骑到公路尽头,就可以到达未来。

许晋把车停到付欢家楼下,点了一支烟,叫住了准备上楼的付欢:"没想到今天会碰到你,看到你现在过得挺好的,我就放心了。"

付欢冷冷地看了一眼许晋,说了一句:"你还是这么自以为是。"然后头也不回地上了楼。

许晋怔在原地,叼着没熄灭的烟,直到抬头看到付欢的卧室亮起了灯。许晋一头雾水,"自以为是",付欢是什么意思?

还会再见吗

她为什么会觉得自己自以为是？

***

付欢上大学后，许晋很久没见过她，也没有她的消息。许晋的工作越来越稳定，不再像前几年那么忙碌，也很少上夜班了，他把骑了很多年的摩托车卖了，攒钱买了一辆二手汽车。原野辞掉了商场售货员的工作，在市中心租了一个店面，开了家美甲店，自己当起了老板，不用每天被经理训斥，日子轻松了不少。他们时有争吵，但从没有想过和对方分开。时间赋予了这段感情深刻的连接。

和原野在一起，许晋感觉很放松，不用像对待付欢那样小心翼翼，不用担心两个人没有共同话题。他和原野始终在一条水平线上，谁也不比谁好，但谁也不比谁差。

时光如白云苍狗，许晋升职加薪，考了成人本科，混得有模有样。原野做饭越来越好吃，把两个人都喂胖了。许晋妈妈一直催着两个人早点成家，毕竟在一起这么多年了。许晋吃着饭"嗯"了一声。

是啊，他和原野也算是同甘共苦，二十元一碗的路边麻辣烫原野从来没抱怨过。现在条件好一些了，原野也从来没跟许晋要过什么。这样一心一意过日子的女生让许晋觉得很踏实，要结婚的念头竟笃定了几分。

***

再见到付欢已经是三年后了。三年没见的付欢瘦了，显得过于苗条，站在风里单薄得很。黑色长发变成了棕色短发，脑门上的青春痘早就没了，褪去稚嫩的付欢透着一丝清冷。付欢静静地站在她家楼下，素面朝天，一身黑衣，眼睛红肿，一一和前来吊唁的亲朋好友打招呼。

付欢外婆去世的消息许晋昨晚就知道了，徐山不大，谁家里有什么事，不出半天就能传到耳朵里。许晋没有走上前去，一直站在不远处看着付欢。虽然这些年他一直惦记着付欢，但能做的只是路过她家时往楼上看一看，偶尔来她家楼下站一会儿，深夜在阳台抽烟的时候想想她。他所谓的深情更像是演给自己内心的一场戏，自我感动，然后继续欣然享受和原野的恩爱日常。

付欢看到了站在远处的许晋，便从人群中走了过来，问："你怎么来了？"许晋不知道该怎么回答，觉得自己一见到付欢就说不出话来，只吐出"来送送老人家"几个字。

付欢苦笑了一下，低着头用脚在地上画圈："谢谢你啊，事情太突然了，我都没见到她最后一面，昨天才从学校赶回来。"付欢红肿的眼眶又迅速噙满了眼泪，大滴大滴地滚下来。

许晋看她一哭就慌了神，本能地想要伸手抱抱她，手伸出去停在半空中，却怎么也落不下去，转而轻轻拍了拍付欢的肩膀，安慰她说："欢欢你别哭，外婆没受罪，你要好好的，外婆才能放心。"许晋从包里拿出纸巾递给付欢，又帮她整理了一下衣领，看到院子里进出的人渐少，跟付欢说："你还没吃饭吧？走，我陪你去门口面馆吃碗面，不吃饭你身体扛不住的。"

付欢平复了一下情绪和呼吸说："从昨天回家到现在一直吃不下东西，晚上也睡不着。"

院子里有人喊付欢的名字，付欢远远招了一下手，就准备回去了，走之前还不忘感谢许晋："谢谢你来，谢谢你的纸巾。"许晋没说话，只是招招手，示意她赶快回去吧。看着付欢的背影，许晋一瞬间回忆起了当年上学时她背着书包的背影，那么瘦弱，却那么坚定。

付欢爸妈很早就离婚了，爸爸出国后再婚了，妈妈在徐山隔壁的城市上班，一周回来一次。她从小跟着外公外婆长大，小小的付欢比同龄的孩子更懂事，早早就学会了照顾自己。他们谈恋爱的时候，付欢提起过一些家里的事，只是当时许晋忙于生计，忙于在单位站稳脚跟，忽略了很多东西，自然也没能体谅安慰付欢。

如今，许晋渐渐明白了，明白付欢为何活得那么紧绷、那么好胜。她需要保护自己，没有人给她撑伞。她也希望有人能保护她，让她有个依靠，能够对她说"别担心，有我在"。许晋给过她，只是太短暂了。也许最初，付欢喜欢上许晋，就是因为许晋毫不犹豫地站在她身边帮她解围吧。

许晋站在原地，曾经和付欢在一起的画面在脑海里一帧帧闪过。这些年没想过的事情、没想明白的事情，还有他自己心里拧巴的事情，原来都是他不曾真的了解付欢。许晋坐在花坛边，抽完了一整盒烟。

等人群散去，付欢看到坐在花坛边的许晋，走过来问他怎么没走。许晋站起来，腿都麻了，活动了一下，没有回答付欢的问题，而是说了一句："你还没吃饭吧？去门口吃面吧。"付欢没拒绝，两个人一前一后走进小面馆。许晋要了两碗面、一碟凉菜和两瓶啤酒，上菜的工夫又点了一支烟，猛吸了一口后问付欢："忙了一整天，累了吧？"

付欢的头发胡乱地扎在脖颈下，红肿的眼睛布满血丝，额头上起了几颗痘痘，整个人的气色很不好。她一边夹凉菜一边回答许晋："还行。"然后追问许晋，"你怎么一直没走，找我有事儿？"

许晋舔了一下嘴唇，勉强笑了一下说："也是没想到，咱们这么多年没见，再见面竟是这样的场景。"付欢没答话，一副若有所思的样子，吃了一口刚端上来的面。许晋灌了一大口啤酒，把烟头捻灭，抬起头来按住了付欢的左手，看着她的眼睛问："当年收到那条短信，为什么一句都没回？"

付欢看了他一眼，把手抽出来继续吃面，半晌才吐出一句："你在我家楼下坐了一天，就是为了问我这个问题吗？过去这么多年了，现在问这些还有意义吗？"许晋被噎得接不上话，看着坐在对面的付欢，又生气又无奈。付欢放下筷子，拿起玻璃杯给自己倒了一杯啤酒，一饮而尽。

许晋知道，现在不是问这个的时候，是他那无处安放的自尊和过于敏感的自卑使他逃离了这段感情，也没必要问这个了，许晋觉得自己已经有了答案。是他的幼稚和一意孤行将付欢推开了，是他自以为付欢需要更好的生活，他是那个先放开对方的人。

付欢说得对，是他，自以为是。

送付欢到楼下后，她并没有上楼的意思，而是扭头在花坛边坐了下来。许晋也跟着坐下，两个人一言不发。是付欢先打破的平静："那时你觉得我们生活轨迹不同，你怕耽误我对吗？可你想过吗，我们从认识的时候生活轨迹就不一样，我还愿意和你在一起，就是因为我不在意。"

"可是我在意。我不能给你好的生活，就是在拖你后腿。"许晋怎么能不在意。

付欢冷笑了一下："当年我觉得你说的是气话，就等你来找我，等啊等，没等到。后来就碰到了你和你女朋友，看着你拉着她从我旁边走过，我整个人都僵硬了。我蹲在转弯的巷口哭了很久。"

许晋不敢相信自己的耳朵，他原以为付欢不在意，他一下子站起来，声音急促且颤抖地问付欢："那你为什么不回复我的短信，为什么不回复一句？只要你说一句不愿意、不同意、不可以，我就不会和别人在一起！"

付欢抬头看着他，眼睛如一潭平静的湖水："我爸出轨的时候，我妈拼命地挽留，可我爸还是走了，我们家也散了。对于要离开的人，挽留是没用的。"

许晋内心如同咽下一块石头，哐当一声砸在心底，他终于知道了付欢没回复短信的原因，而这个原因他本该想到的。付欢不是不喜欢他，只是不确定他喜欢自己。

"你为什么没去北京？"许晋追问。

"因为我去了北京，我们就没可能了。"

"那你现在谈恋爱了吗？"

"没有，和你分开后我总觉得你会回来找我……但你一直没有。"

许晋再也忍不住了，站在花坛前原地打转，脑子里思索着什么，但眼泪丝毫不给时间，夺眶而出，顺着下颌流到脖子里。

付欢异常冷静，像是回答一个无关痛痒的问题，没有在心上留下一点痕迹："你想知道的都知道了吧，许晋，我等了你很多年，可你从来没有一次真的想要和我和好。别纠结这些过往了，是我一直停在原地，而你早就往前走了。"

说完，付欢站了起来，拍了拍屁股上的灰，看着天上的月亮说："徐川好像没有什么值得我留下来的了。"然后进了楼道，又回过头来，对站在原地的许晋说了一句再见。

许晋永远记得那一天，付欢的外婆下葬，她整个人像干枯的野草，没精打采，随时都能被连根拔起，飘摇欲坠。但她回过头看许晋的眼神是坚定的，也是平静的。

那种平静，不带任何期待，没有任何波澜。

不长的一段路，许晋忘了是怎么走回家的。回到家打开冰箱，拿出两罐啤酒，跌坐在沙发上，一边喝酒一边发呆。脑袋里一团糟，这些年的事情像陨石从宇宙极速坠落，一颗颗向他砸来。到底是他辜负了付欢，那些他载着原野出双入对的日子，那些他和原野一起吃喝玩乐的时候，付欢都是一个人度过的。明明他有机会和付欢和解的；明明那时候他们分开不久，付欢还可能原谅他，但他什么都没做，还自以为是地觉得付欢不需要。

如今木已成舟，往事只能回忆，却不能重来。

还会再见吗

***

原野洗完澡从卫生间出来,一边擦头一边问许晋怎么突然喝酒,许晋说了句没什么,就进卫生间洗澡了。原野收拾餐桌,看到被许晋捏瘪的啤酒罐,叹了一口气。两个人在一起这么多年了,原野早已对许晋的习惯了然于心。他一个眼神是什么意思,原野都能明白。许晋不是爱藏心事的人,心情不好时要么和原野念叨念叨,要么叫一帮朋友来家里打游戏。不说话,不愿交流,只一个劲儿喝闷酒,这种情形只有一个原因,那就是付欢。

原野是知道付欢的,她也知道许晋最开始没打算和她在一起,只不过是拿她消磨时间。许晋心里一直惦记着付欢,手机密码一直是付欢的生日,碰到像付欢的身影还是会紧张一下。可哪怕知道许晋没放下付欢,原野也还是想和许晋在一起。她觉得付欢那样的好学生和许晋压根儿不是一个世界的人,只要他们分开的时间够长,只要他们各自在自己的人生道路上前行,他们就没有产生交集的机会。

原野没想错,这么些年,许晋安安分分地工作赚钱,对她也很好,时常提起结婚生孩子的话题。她以为付欢早已成为过去式，不会再在他们的生活里掀起波澜。

许晋洗完澡出来，躺在床上抽烟，原野靠在旁边，问他怎么了。许晋回答："付欢外婆去世了，去打了个照面。"原野没想到他会主动说起付欢，一时间思绪混乱，不知道如何应答。这是他们之间讳莫如深的话题，也是他们这么多年心照不宣的默契。

"你们挺久没见了吧，你应该好好安慰安慰她。"原野尽可能装作平静的样子，只是想让这个话题成为情侣茶余饭后的聊天，而不是许晋心里放不下的执念。

许晋说："我也没说上几句话，就出来了。"原野心里想，许晋这么提起付欢，应该是放下了。这么多年过去，也该放下了。可她不知道，许晋怎样望眼欲穿地坐在付欢家楼下一整天，更不知道那顿仓促的晚餐之后，许晋是怎样像孤魂野鬼一样走回家的。

灭了那支烟，许晋早早睡了。

那天之后，许晋终于明白，过去这些年，他不止一次地错过了付欢。在她需要他的时候，许晋都不在。他曾无数次幻想

还会再见吗

过他们重逢的场景，他能讲出来这些年他是如何放不下她的，如何在辗转反侧的深夜里，想念他陪她走过的那段路，想念她柔顺的头发和坚毅的眼神。可终究说不出来了，百无一用是深情。他自认为可歌可泣的深情对付欢的生活而言，什么都不是。

他爱了付欢很多年，到后来，他已经分不清他爱的是付欢，还是自己的执念。执念于他们仓促结束，潦草收场；执念于她始终没有挽留过自己，自己也没有讲出自己的用心。但后来他慢慢明白，不论这份感情是爱还是不舍，又或者是其他的什么，都该放下了，他们再也回不去了。他没有机会再次拉起她的手，更没有理由说出他那荒唐的离开的理由。

有些事情，被时间洗涤之后，就不再重要了。真相只在有限的时间里有意义。

＊＊＊

后来付欢考研考上了北京的学校，许晋是在朋友圈看到付欢晒的录取通知书才知道的。付欢去北京前，许晋给她发微信："恭喜你，终于如愿。"

付欢回了一连串哈哈哈哈，说不知道去了会怎样。

许晋说："凭你的个性，肯定不会差。"

付欢反过来关心许晋,问他:"你最近怎么样,是不是要和女朋友结婚了?"

许晋不再隐瞒,回答:"谈了很多年了,也该给人家姑娘一个交代了。"

付欢只回了三个字:"祝福你。"

付欢去北京后,便慢慢从许晋的生活里淡去踪影。他以为付欢去北京之后,自己能彻底和过去割裂,他猜到了割裂,但没猜到和谁。付欢走后没多久,原野就提了分手。

许晋瞪圆了眼睛,怎么也想不到原野会提分手。原野灌了一口酒:"这么多年你一直惦记着付欢,我的青春像是掺了水的假酒,真不痛快。"许晋苦笑了一下,说不出什么,仰头喝光了一瓶酒。可能感情也讲因果报应,他这些年没做任何对不起原野的事情,可他想念付欢的每一天,都在对不起原野。

原野搬走后,许晋又回归一个人的生活。他规律生活,努力工作,职位提升,搬到了高层办公楼,视野开阔,偶尔加班,收入不错,人也变得沉稳。家里人说他老大不小了,也该考虑个人问题了,张罗着给他安排相亲。许晋原本很抗拒,但忽然就想通了。想想这么多年自己身边的两个女孩子,觉得有时候都是命。他对不起付欢,也辜负了原野,自食其果,什么都没得到。

家里介绍的女孩叫林悦,高高瘦瘦的。许晋开始跟林悦约会,每天接林悦下班,带她去吃新开的馆子,没过多久就见了家长。双方父母都很满意,便催促着进行下一步。许晋也没别的想法,只想安定下来,好好过日子。

订婚、结婚一气呵成。结婚不久,林悦就怀孕了,许晋好多年没这么高兴了。当了爸爸的许晋仿佛一夜长大,戒了酒,收起了烟,朝九晚五,按时回家;也不怎么聚会打牌了,每天回家就抱儿子,陪老婆。

许晋的朋友圈里除了单位领导要求发的工作消息,就是陪老婆和孩子的日常。有时晒一下林悦新学会的菜,记录一下儿子学走路的样子。日子温温暾暾,家庭美满幸福,许晋想不到生活还有什么不好的。他快三十了,过往的经历都是往事,只有未来才值得期待。

***

付欢去北京后，许晋就再没见过她了，仅有的几条消息，都是从付欢的朋友圈里看到的。

时间如白驹过隙，所有怨恨的、不舍的、后悔的、难忘的，如熨斗一般，被时间一一熨平，因爱而生的种种情绪，有一天也会被时间冲散。

再见到付欢是两年后了，许晋去北京出差，路过国贸的时候拍了一张照片发了朋友圈。付欢在下面留言：你来北京了？刚评论完朋友圈就给他发了微信："你来出差吗？不忙的话我请你吃饭。"

许晋知道，是因为在异乡，他们才有再见的可能，如果在徐山，他和付欢是不可能再见面的。

他们约在一家咖啡馆，是付欢选的地方，安静雅致，适合多年不见的朋友坐下来聊聊天。

许晋先到的，站在门口等付欢，他看到付欢下车从远处走来，穿卡其色风衣外套，里面是干净得体的白衬衫，耳间戴着

还会再见吗

精致小巧的珍珠耳环，头发是自然的棕色，拎着一款名牌包，一步一步向自己走来。明明只有几步远，但那段距离仿佛是电影的慢镜头，许晋都看进了眼里。

许晋以为多年未见，他们会尴尬生疏，会无话可说，可当付欢走近冲他笑了笑，就如同多年未见的老友，只有岁月赋予这段感情历久弥新的默契感，沿路生出的各种枝丫全都不见了踪影。

许晋使劲去想十多年前他认识的那个付欢，黑色的头发，穿着宽松的校服，背着大书包；再看眼前的付欢，化着精致的妆，再也不是他印象中的那个小女孩了，但眼神还如十多年前认识时那般通透机灵。他们坐在露天的咖啡馆，太阳晒得人暖洋洋的。付欢脱了外套，喝了一口咖啡，说："想不到有一天我们能在这里见面。"

许晋回答："是呀，你在这里一切都好吧？"

付欢一遍遍摸着桌子上的纹路，低着头回答："挺好的。"然后又问许晋，"你怎么样，孩子老婆挺好的吧？"

许晋也喝了一口咖啡应声回答："挺好的。"

多年未见，相处起来就像是许久未见的旧友，只聊些皮毛，简单开心。有一种微妙的气氛在他们之间蔓延开来，仿佛往事是一个极其庄重、严肃的话题，谁都不愿轻易触及。

还是付欢先打破了宁静："当初怎么和原野分手了啊？"

许晋没有直视付欢，盯着不远处的河流答道："也怪我，和她在一起那么多年，心却一直没定下来。不过她现在也结婚了，过得也挺好。"

"谈了那么多年没结婚，挺可惜的吧？"

"正常，也不是所有恋爱最后都能有个好结果。"

付欢拿起杯子，喝了一口咖啡，一脸玩笑的表情："要是和我谈，应该会是个好结果。"许晋摆了摆手："要是和你谈，你就来不了北京，挣不了大钱，住不了那么好的房子，现在八成要埋怨我拖你后腿了。"许晋说完，两个人谁也不说话，陷入了沉默。许晋知道，付欢沉默不是因为被说中了，恰恰是因为没说中。

他们从一开始就有差距。他学习不好，早早进了社会摸爬滚打；她乖乖女一个，背着家庭的嘱托和重担，紧绷着神经，一刻不敢放松。她从来没有瞧不上他，没有觉得他会拖她后腿。为了和他在一起，她大学留在了徐山，好多年都没恋爱。许晋

还会再见吗

知道，是他胆小怕事，以为松开手就能让这个女孩去更远更好的地方，却不知道，付欢最想去的，一直都只是许晋身边。

*＊＊

四月的北京，玉兰花刚开，有淡淡香气，风一吹来，轻轻摇曳。

许晋从未想过有一天能和付欢这样坐下来聊聊天。年少时年轻气盛，不收锋芒，以爱之名做了很多伤害别人的事情。命运倒也公平，给无知的人最公正的审判，阴错阳差间，让你眼睁睁错过，此去经年，只剩唏嘘感怀。

两个人穿起外套，走到门外，在路边各自打车朝两个方向离开。付欢的车先来，迎着下午柔和的阳光，许晋注视着付欢上车离开，就像十几年前，他在台球厅迎着夕阳等她放学一样。人群里，所有人都穿得一样，但他只看得见她。

人这一生，会遇到很多人，有人教你成长，有人教你失去，有人陪你一程，有人伴你走完后半生。许晋和付欢，在尚未撑起各自人生的年纪里遇到，注定是要分别的结局。

其实许晋明白，即使时光倒退到过去的任何一个阶段，他们仍然会分开。只有分开，许晋才会成长，才会变得稳重踏实，才懂得珍惜当下的生活；只有分开，付欢才会狠下心离开徐山，咬牙在北京站稳脚跟。

而有些人，喜欢过就够了，还能再联系上就够了，都被彼此珍惜过就够了。他和付欢一直缺一个体面完整的告别，今天算是补上了。

暗恋

是一个人的独角戏

Chapter 2

以 朋 友 的 名 义

爱 着

| *I LOVE YOU* |

还会再见吗

❶

暗恋始终是一个人的事情,

这中间的曲折心酸与卑微犹疑,

都是内心的独角戏。

❷

太阳的余晖浸染在波浪起伏的海面上,

浪声逐渐盖过渐渐稀少的游人,

海鸟从头顶飞过,

一副岁月静好的样子。

❸

天亮后,

过往留在了昨天,

秘密被黑暗消化。

宴会厅里循环播放着惠特尼·休斯顿的 *I will always love you*，新人还没有进场。台下的宾客已经陆续就位，桌子上摆着"初中同学""高中同学""同事"的指示牌。门口放着一张新郎新娘的婚纱照，上面写着：新郎张靖宇、新娘苏晗，恭候各位光临。

苏旸按指示牌招待着进来的宾客们坐到安排好的位置上。

苏晗的女同事们看着忙前忙后的苏旸，忍不住窃窃私语："这是苏晗的哥哥还是弟弟啊？"苏旸也不解释，直到老同学一一到来，在人群中大喊一声苏旸的名字，那些女同事才确信，这应该是苏晗的哥哥，毕竟都姓苏。

苏晗和苏旸第一次被认成家人是在初中开学的时候。

还会再见吗

教室里坐着四十多个学生，老师先喊了苏晗的名字，苏晗大大方方站起来和大家做了自我介绍。没过一会儿，又喊到了苏旸的名字，班主任明显停顿了一下，又仔细看了一眼花名册，打趣道："你们是兄妹还是姐弟啊？名字这么像。"班里一群刚来的同学哄堂大笑，纷纷打量这一男一女。

班主任话音刚落，苏晗就站了起来，她回头瞥了一眼苏旸，掷地有声地说："不是的，老师！我是独生女。"尽管当着全班人的面解释了，但同学们还是没放过这俩人，下课后就围着两个人打趣。苏旸不作声，苏晗追着那些传八卦的同学满教室打。

"你为什么不和大家解释啊？"苏晗气冲冲地质问苏旸。

苏旸一本正经地回答："你都解释过了，我还说什么啊？"

"说我们什么关系也没有，之前都不认识！"苏晗强迫苏旸答应。

"你是几月份的生日？"

"十二月。"

"那我比你大，我是八月的，以后你喊我哥。在学校，哥罩着你。"还没等苏旸把话说完，苏晗拿起桌上的书朝着苏旸的后背就是一击。

"你做梦吧，你都没我高还当我哥，你个小萝卜头！"

苏晗朝苏旸吐了一下舌头,在上课铃响起的时候,回到了自己的座位。

明明只是普通的同班同学,却因为名字相似,两个人拥有了更多牵连和话题。新来的任课老师来班里上课,对着花名册总是忍不住问他们是不是一家人。隔壁班的同学在年级排名榜上看到这俩人的名字,也总是忍不住传,这俩人肯定有关系。

一开始两个人还拼命和大家解释,他们并不认识,只是恰巧都姓苏,恰巧名字都是"日"字旁,恰巧被分到了一个班。

后来被问得次数多了,苏旸懒得解释,常开玩笑地回应:"对啊,我俩是兄妹。"眼神真挚,语气诙谐,真假难辨。每每这个时候,苏晗都会冲出来疯狂解释:"我不是他妹,我是他姐。""你把身份证拿出来看看。"这简直就是苏旸的撒手锏,这话一说,苏晗迅速就老实了,恶狠狠地翻个白眼。

读高中的时候,几个班一起在操场上体育课,苏晗晕头转向地跑进了足球场,苏旸扯着嗓子喊"苏晗,你出来"的时候,苏旸的同学在旁边乐疯了:"你妹可真活泼。"

读大学的时候,两个人出门旅行住酒店,前台接待瞥了一眼身份证,直接开了一间房。

还会再见吗

两个人因为名字，在彼此的青春岁月里稳稳地站住了脚跟。

***

收到苏晗的电子结婚请柬的时候，苏旸用修图软件把新郎改成了自己的名字。苏旸盯着那张请柬看了很久，然后笑着自言自语道："果真很奇怪，这两个名字放在一起只能是兄妹，不能是夫妻啊。"

苏旸正靠在墙角回忆两人的糗事，电话突然响了起来："苏旸，你快来一下休息室，江湖救急，快快快。"

挂断电话，苏旸逆着进场的宾客往外走，去休息室找苏晗。推开休息室的门，只有苏晗和化妆师两个人在里边，化妆师正在帮苏晗打理头发。

苏晗身体僵硬地坐在那里，一动不动。苏旸突然笑出声："没想到你也有今天，也有在这儿装模作样装文静的时候啊。"

苏晗想打苏旸，却够不到，气急败坏之下，朝苏旸扔了一个纸团。"你看我漂亮吗？"苏晗一本正经地问苏旸。

苏旸从上到下地打量着苏晗，她穿着一件白色抹胸婚纱，婚纱的裙尾拖得特别长。没有像别的新娘一样戴复杂的发饰，只是简单地扎了一个低马尾，然后盘起一个发髻，发髻上挂着和婚纱配套的头纱。化了淡淡的妆,睫毛很长,眼角刷了一点亮晶晶的眼影,让眼睛更透亮清澈了。鼻梁不高,削弱了整个人的成熟感。即便快三十了,仍然像个十七八岁的小孩子。

苏旸看得出神,被苏晗的大嗓门拉回了现实:"这么难下结论吗?我今天不好看吗?"

苏旸连忙回答:"没有没有,我只是在认真观察。"

"那你观察完评价一下,我今天好看吗?"

"还行,和平时没什么区别。"

苏旸话音刚落,苏晗拿起桌上的纸巾就丢了过来。

"苏晗,从今天开始你就是一个已婚少妇了,能不能温柔点?"

"对你,是不可能温柔的。"

苏旸转身就要离开,突然停了下来,回过头问苏晗:"你找我来,就是问我你今天漂不漂亮吗?"

苏晗的脸上洋溢着笑容,得意扬扬地点了点头:"对啊,让你最先目睹我的美丽容颜。"

苏旸给了苏晗一个白眼,转身走出休息室,回到一层宴会大厅。

还会再见吗

大厅里人声鼎沸,苏旸看到了初中同学、苏晗的闺密,还有她的大学舍友。同事那桌坐着苏晗的同事和领导,谁结了婚,谁不好相处,苏旸一清二楚。苏晗的姑姑叔叔、表姐表弟们,苏旸也都认识。

时光如潮水,席卷而来,片甲不留,我们在仓促慌乱的逃跑中想要抓住什么,却发现关于过往,只能回忆,不能再见。我们与过去之间,隔着一张透明而有力的网,你站在这边,留恋着想触碰,却知道不能伸出手。苏旸和苏晗的十几年,漫长到好多事情都从指缝中溜走,但看到今天在座的各位,他发现他确实参与了苏晗的整个青春。

突然,远处的一个女生冲苏旸招手,苏旸愣了一下,回忆着这是谁,边走边想。走到跟前的时候,苏旸想起来了:"李佳念!"女生站起来哈哈大笑:"苏旸,咱们可是很多年没见了!厕所男神!"李佳念说完"厕所男神"后,那一桌高中同学顿时大笑起来,大家开始回忆他们高中时候的趣事。

谁暗恋谁,谁表白被拒绝了,谁和谁分分合合、兜兜转转领证结婚了。

旧人重逢,能谈论的也就只有过去。关于过去,最有意思的也无非是那些如今一笑而过的年少情愫，那么真诚，那么幼稚。

***

初中毕业的时候，苏旸顺利考上了徐山市实验中学，而苏晗虽然成绩一般，但幸运的是分数正好擦边进了重点高中。他们俩一个在一楼的三班，一个在三楼的十班，平时走不同的楼道，去不同的厕所，偶尔碰到，要么是在校门口早点铺，要么是在体育课的操场。

苏晗还是那副吊儿郎当的样子，不好好学习，很快就和班里的男生打成一片。因为性格开朗，长得好看，没多久又和高二的学长学姐玩得火热。

玩着玩着就和高二篮球队的方硕认识了。有篮球赛的时候，苏晗一定在场边追着方硕喊加油，体育课的时候就去篮球队看他们训练。她和方硕称兄道弟，两人勾肩搭背走在操场上，引起了不少人的议论。

苏旸不高兴，但也拦不住苏晗。他到处找人打听方硕的情况，知道他学习不好所以学了体育，知道他总和女同学走得很近。苏旸更坐不住了，放了学拦住苏晗就说："你可别和方硕走得太近，你知道他什么人吗？你侥幸上了高中，不能侥幸考上大学吧，别让他耽误了你。"

苏晗一副漫不经心的样子："我最近迷上了NBA（美国职业篮球联赛），找他们篮球队的人讨论一下比赛。"

尽管苏晗这样说，但苏旸总觉得苏晗这样无法无天地任由着自己的性子，迟早会招惹到别人。结果还真让苏旸猜中了。某一天课间，苏旸在班里做题，听见有人喊"一楼女厕所有人打起来了"，紧接着就听到有人喊苏晗的名字。

听到"苏晗"两个字的那一刻，苏旸条件反射般冲了出去。他忘了自己是怎么推开拥挤的人群跑出去的，又是怎么三步并作两步跑完那两层楼的台阶的。等他冲到一楼女厕所的时候，门口已经围了一圈人，老师还没来，门口女生大喊着"别打了"，却无人敢上前去拉架。

苏旸没有一丝迟疑就冲进了女厕所。原以为瘦弱的苏晗会被欺负，等他钻进去的时候才发现，是苏晗拽着那个女生的头发，一边撕扯，一边嘴里骂着什么。

苏旸一把拉起苏晗分开了两个人，还没等说话，教导主任就来了。

"你们几个在干什么？都跟我走，去我办公室。"

上课铃响起，人群散去，只有苏旸、苏晗和那个参与打架的叫李佳念的同学被教导主任叫到了教导处。

"说吧，为什么打架？"

"没什么，老师，就是上厕所排队她插队，起了冲突就吵起来了，吵着吵着就打起来了。"没等李佳念开口，苏晗就抢先回答了。

教导主任上下打量了一番苏晗，转过头问李佳念："你说，到底发生了什么？"

"老师，就是她说的那样。"

"你一个高二的，为什么跑去高一那层上厕所？"

"老师，我去找朋友，正好想上厕所，憋不住了，就去那边了。"

"憋不住了还有空打架。"教导主任一脸严肃地批评她们。

苏晗在旁边添油加醋："憋不住了也得排队啊！"

李佳念抬起头想骂人，看见老师在，气焰迅速降了下来。

询问完她俩，教导主任逮住了苏旸："你一个男生，冲进女厕所干吗？万一当时有女生在上厕所怎么办？你这影响太严重了!"

苏旸低着头沉默不语,不愿解释。

"女生打架,你为什么跑进去,是和你有关系吗?"

"老师,我在楼上听见苏晗在打架就跑下来了,苏晗是我妹,我怕我妹挨打。"

苏旸回答完,教导主任这才仔细看了看他们的胸牌,边看边念叨:"苏旸、苏晗,亲兄妹啊?"

"不是的,老师,苏晗是我叔叔家的孩子,我叔叔让我在学校看着她,别惹事。"

苏旸撒起谎来面不改色。

"苏晗,你倒是听家里的话,你哥这么懂事,你能不能给你父母省点儿心!"教导主任信了苏旸的说法,开始教育苏晗听话一点。苏晗一直低着头不敢看教导主任的脸,生怕一抬头就想笑。最后三个人被罚一人写一份一千字的检查,算完事。

走出教导处,苏旸一把拽过苏晗:"你伤着没有?"苏晗还是一副不正经的样子:"哎呀,你觉得还能有我吃亏的时候?你应该问问她有没有伤着。"这时候苏旸才抬头看了看李佳念,李佳念头发被苏晗抓乱了,还没有梳理整齐,脖子上还有红道子。苏晗这小姑娘,从不做吃亏的事。

那天放学后，苏旸去找了苏晗，和她一起回家，顺便盘问一下她为什么打架。

"我也不清楚，莫名被这个叫李佳念的找麻烦。"

"你确定你不清楚？"苏旸太了解苏晗了，她一定是有什么事瞒着自己。

"也不是什么大事，就是李佳念看我最近和方硕走得太近，故意来找我麻烦。"

苏旸顺着苏晗的话接着说："苏晗，现在还是应该以学习为重，方硕的口碑一直不好，你别总跟他混在一起……"

"苏旸，你别说了，我自己有分寸，我白天听完教导主任教训，晚上还要听你的，你真把自己当我哥了是吗？"

苏旸还未说完的话被噎了回去，一下子不知该如何回应。苏晗也意识到自己的话太重了，想要安慰一下苏旸，但又不知道说什么，就径直走了。苏旸停在原地，感觉心里突然下了一场大雪，万籁俱寂，无人问津。

从一开始两个人认识的时候，他们的名字就总被拿出来说事，苏旸理所当然地把自己和苏晗划到了一个阵营。她作业写不完，他借给她抄；她生理期痛经，他和别的女生要红糖泡水给她喝；她参加校园歌手比赛，他招呼身边人给她投票。别人开玩笑问他是不是喜欢苏晗，苏旸打哈哈："她是我妹。"那时的他也分不清自己对苏晗是友情，还是掺杂了其他的情愫。

冲进女厕所的苏旸第二天就成了学校名人，不知道是谁将他"英雄救美"的事迹传得越来越夸张，最后干脆给他起了个"厕所男神"的称号。苏旸一副腼腆害羞的样子，不好意思地挠挠头，不愿多说，但他心里知道，即便这称号又蠢又难听，但只要和苏晗有关就可以。

他们很久没有再说过话。在学校里碰面，苏晗想打招呼，苏旸装作没看见，直接从她身边掠过。苏晗给苏旸发短信，苏旸也不回复。苏晗知道苏旸是真的生气了，每天买早点找人带给苏旸，苏旸全吃了，吃完也不搭理苏晗。

"让她嘴上没个把门的，啥都说！必须长长记性！"苏旸和他的朋友吐槽。其实他早不生气了，在看到她着急忙慌欲言又止的样子时，在他发现课桌里放了苹果和早餐时。对自己喜欢的人，我们总有超出寻常的容忍度，底线一降再降，原则不值一提。即便上一秒气得说不出话，下一秒看到她，还是会憋不住笑出来。

本来还想多撑一段时间，杀一杀苏晗的脾气，可没过几天，苏旸就收到了苏晗的短信："苏旸，我有点难受。"在上补习班的苏旸看到短信，迅速收拾了书本，偷摸从教室后门离开，去找苏晗。她在学校后门的咖啡厅里，蜷缩在昏暗角落的沙发上，摆弄着手机。

等苏旸赶到的时候，几乎没过几秒，苏晗就瘪着嘴哭了。眼泪顺着脸颊流到了脖子里，苏晗把头埋在手里，抽泣着。

"你怎么了？谁这么不长眼，敢惹你这小霸王啊？"苏旸一副语气轻快的样子，生怕哪句话没说对，让苏晗彻底崩溃了。

"我和方硕闹矛盾了，他都好久没来找我了。"

"不找就不找呗，他那个人本来就不靠谱，再说，方硕有什么好的。"苏旸生怕苏晗对方硕有什么心思，极力劝说，给苏晗洗脑。

苏晗苦笑了一下："方硕一米八五。"

"我也一八五！"苏旸几乎脱口而出。

上初中的时候，苏晗经常笑话苏旸小萝卜头，那时候的苏旸瘦瘦小小，苏晗嘲笑他，他也哑口无言。但没几年的时间，他就从不到一米七蹿到了一米八五。

苏晗后来不再嘲笑苏旸矮了，反而是苏旸时常拽着苏晗的领子，就可以把她整个人提溜起来。

"那你会保护我吗？"苏晗一本正经地问苏旸。

"我一直都在保护你。"苏旸斩钉截铁地回答。

话音刚落，苏晗朝着苏旸的胸口就是一拳："还是兄弟靠谱。"

苏旸看着苏晗强撑着打起精神，无奈地摇了摇头。他几乎没有见过苏晗这么落魄失意的样子，全然不顾形象，憔悴失神。

为了让苏晗快点儿好起来，苏旸每晚十点固定给苏晗打电话，跟她聊天，听她抱怨；每天课间穿梭在一楼三楼之间，拿着在学校超市排队买的烤肠和奶茶，给苏晗送去。苏晗的同学见多了苏旸都忍不住打趣："哟，'厕所男神'又来给你妹送吃的了。"苏旸笑着摆摆手："没办法，这孩子一点儿都不让人省心。"

***

婚礼主持人在台上开始热场，台下聊天叙旧的宾客渐渐安静下来，大屏幕上循环播放着新娘和新郎的婚纱照。苏旸和初中同学正看得起劲儿的时候，苏晗的电话又打过来了。

"苏晗，你又有啥幺蛾子，你马上就要上台了，能不能消停一会儿！"

"苏旸，你快上来，这回真的需要你救急！"

苏旸挂了电话，和老同学们打了个招呼，又去了休息室。这会儿的苏晗马上就要上台了，坐在那里，焦急地等着苏旸。

"又怎么了小祖宗，每个新娘结婚的时候都像你这么多事儿吗？"苏旸一进门就吐槽。

"哥，救救我们，靖宇的伴郎刚刚下楼的时候崴了脚，没一会儿脚就肿了，刚被送去医院，肯定不能上台了。现在伴郎是三个，缺一个。"

"那你再撤下一个伴娘，三对就好了啊。"

"不行！我的伴娘都是特意请了假来的，而且伴娘服都换好了。"

"那怎么办？现在上哪儿再找一个伴郎，还有几分钟仪式就要开始了。"

苏晗看着苏旸不出声，露出了一个不怀好意的微笑。

苏旸不用猜就知道她打的什么鬼主意："不行，我是娘家人，哪有我去替补伴郎的道理。"苏晗站起来，走到苏旸身边，拽着苏旸的手不停地摇："哥，你救救我吧，没时间了，而且这种事求别人多不好意思啊，你不帮我就真的没人能帮我了。"苏晗说完,还故意装出可怜的表情。

苏旸抬起头看着整装待发的苏晗,恶狠狠地瞪了她一眼:"惹事精,你到底什么时候才能不给我惹事!"苏旸拿起放在一旁的西装走向更衣室。苏晗在旁边嘿嘿一笑,不说话了。她知道,苏旸从来不会拒绝她。

高三的时候,苏旸和苏晗一个学理一个学文,一个年级前五十,一个班级倒数十名,可苏旸还是想要拉苏晗一把,每天给苏晗布置作业。苏晗也知道苏旸在帮她,听话地配合苏旸的安排,一起学习,按时完成苏旸布置的作业。

五月的徐山,夏天还没彻底到来,春末的大风时常造访,吹得杨柳絮胡乱地飞。图书馆的自习区人满为患,离高考还有差不多一个月,大家都在进行最后的冲刺。尽管苏旸给苏晗补习了大半年,可苏晗的成绩并没有很大的起色,他俩不可能上一所大学是大家心知肚明的事情。可苏旸在语文练习册的第一页看到了苏晗的笔迹:"哥,我们一起去上海吧!"

苏旸先是震惊,转而又按捺不住地开心。苏晗想和他考到同一个城市,这是苏旸一直在计划的事呀!

苏旸不喜欢上海,准确来说他不喜欢南方城市,气候、饮食、习惯都和北方有很大的差异，所以苏旸的目标城市一直以来都是北京，可自从苏晗说了想去上海后，苏旸就改了主意，只要有苏晗，哪里都可以。他开始了解上海的学校，关注上海的天气，收藏了很多上海好玩的地方，想着以后要带苏晗去个遍。每年放寒暑假，还能顺便去周边城市旅行。这样设想着，竟有点迫不及待，想马上考到上海去。

可最后去上海的只有苏旸一个人。报志愿的时候，他坚定不移地选了上海的学校，然后一遍遍给苏晗打电话，确认她的消息。联系了大半天之后，苏晗终于接了电话，苏旸一遍遍问她："报的哪个学校啊？"沉默了很久的苏晗说："我报了北京的学校。"这回换苏旸沉默了，听筒的两端是两个人无尽的沉默，两个人谁也看不到对方的表情，看不穿对方的情绪。

"哥，方硕想去北京，我俩在一起了。"苏晗在电话那头无话可说，停顿了两秒，挂断了电话。

方硕，那个在高中和苏晗勾肩搭背的男生，那个害得苏晗在女厕所和李佳念打起来的男生，那个惹得苏晗哭了好久的男生！苏旸没想到这个人竟然这么阴魂不散，他们之间竟然还能有故事！

苏旸总是会想到高考后暑假的那个夜晚。

暑假里，班里的同学约着晚上去徐山中山广场玩儿，那里每晚都会放映水幕电影。那晚，苏晗像疯了一样在喷泉边和别人追着打闹，浑身都湿透了。白色短袖里的粉色内衣若隐若现，腰身在众人的注视下毫无遮掩，班里的几个男生不时地往她这边看来。苏旸二话没说，脱掉自己的黑色T恤，直接给苏晗套上。

偌大的广场上人流涌动，卖花的奶奶在路边招呼着路过的行人，学步的小孩朝着家长的怀里跑去，跳广场舞的大爷大妈们占据着广场的一边，声势浩大。

两个人靠得如此近，苏旸的心跳声淹没了周遭的一切，好像有什么东西浮出了水面，苏旸的耳朵瞬间红了。

那一刻，苏旸坚定且清醒地意识到，他喜欢苏晗。因为喜欢，所以会不由自主地去维护她，见不得别人对她议论纷纷；因为喜欢，所以在听到苏晗说"一起去上海"后，苏旸开心得在家里蹦了好几天；因为喜欢，每天都想看到她，看她在打打闹闹，开开心心的，就放心了；也因为喜欢，但凡她和别的男孩子走得近一点，苏旸就觉得心里不舒服，还偶尔忍不住和苏晗闹别扭。

可这些小心思，苏晗并不知道。

上海很好，气候不冷不热，不像徐山漫天飞着柳絮，冬天不用穿棉衣，夏天格外地长。外滩附近的咖啡店门口总是坐满白领，学校门口早餐铺的小笼包和甜豆花很受欢迎。苏旸学的是计算机专业，四人间的宿舍，其余三人都是南方人。大学的氛围和初高中截然不同，有了更多的自由。挣脱了学校的束缚，逃离了父母的管教，大学生纷纷在新环境里释放自我。

苏旸收到过情书，还有女生直白的约会邀请，但都被他礼貌地拒绝了。他平时在教室、图书馆和宿舍之间三点一线，没谈恋爱，也不热衷社交，沉浸在代码里，偶尔和舍友打打游戏。他和苏晗见不到面，但维持着一周通一次话的频率。

苏晗去了北京的一所民办大学，学小学教育。学校在偏僻的郊区，进城一次要倒三趟地铁。她和方硕，一个在城东，一个在城西，见面需要乘两个小时的地铁，只能每周周末见上一面。赶上彼此学校有活动的时候，两三个礼拜才能见一次。

苏旸本来想等两个人去了上海后就和苏晗表白的，但还未说出口苏晗就和方硕在一起了，可能这就是老天爷的安排吧。

苏晗打电话过来，苏旸在电话里听她絮叨和方硕吵架又和好的事情，学校食堂的米线又贵又难吃，教马克思的老师长得好像他们高中的教导主任，隔壁宿舍的女生傍了一个已婚的大款……通过苏晗的描述，苏旸在脑海里想象着北京的样子和苏晗的生活。

苏晗和方硕的感情一直不太稳定，苏晗经常在电话里抱怨方硕不解风情不懂浪漫，过生日和纪念日的时候只带她去吃麻辣香锅，经常因为打球、玩游戏爽约，苏晗大老远跑去找他，总是在黑漆漆的网吧闻呛人的烟味儿。到后来，双方矛盾越来越严重，苏晗时常能发现方硕和别的女孩暧昧的证据，要么是没删干净的聊天记录，要么是一起看电影的票根。她在电话里质问方硕怎么回事，也总是被敷衍过去。苏晗不相信他说的话，但她也不愿意离开他。

多年的青春，一腔热忱的付出，承认自己"看走眼"是很磨不开面子的事情。越是付出得多，越是不愿意抽身收手，偏要在胜算不多的赌局上押宝，侥幸想让自己翻盘逆转。

苏旸在电话这头，不知道如何回答，只能听她在那边控诉与道委屈。有时候说着说着突然没了声音，呜咽的哭声低沉，在听筒里回荡，苏旸也跟着难受。他不止一次劝过苏晗，要么算了吧,为什么要这样折磨自己。苏晗说:"我不懂我到底哪里不好,他为什么不能好好珍惜我?"好胜心是爱情里最不该有的事情,因为爱情根本不是一场竞赛,你穿戴整齐,准备登场一较高低,却发现你的对手根本没打算上场。

认真的人总是输得更惨。即便自己恋爱谈得乱七八糟,苏晗还是会在电话里给苏旸出主意:"咱俩认识这么多年,我都没见你追过哪个女生。苏旸,上大学了,你得谈恋爱啊。"苏旸不愿意听这样的话,每次苏晗聊到这个话题,他总是找别的事情岔过去:"你管好你自己吧,少跟我哭几次,比啥都强。"

***

大二快要结束的夏天,苏旸恋爱了,和经济学院学金融的女生高秋月。在校运动会上,学生会成员被分为几组,负责维持秩序,组织安排活动。苏旸和高秋月被分到了一组。

上海炎热的六月,高秋月撑着伞在人群中穿梭,苏旸拿着两个人的东西和矿泉水跟在后面。维持秩序的时候,高秋月说了一个乱扔水瓶的大一男生一句,男生不服气,骂骂咧咧地走过来叫嚣。眼看着高秋月气势不敌,一直默默无闻跟在后面的苏旸站了出来,拦住了气势汹汹的大一男生。叫来他们班的班长，记了扣分。为了感谢苏旸出手相救，高秋月执意要请苏旸吃饭。一来二去，两个人就这么熟络起来。

被表白的那天，正好是大学英语考试。考试结束，高秋月站在考场外，拿着酸奶等苏旸。苏旸一出来，高秋月就一把拽起苏旸往外跑。来到学校人工湖边，高秋月扭捏了很久，问："我能做你女朋友吗？"苏旸看着她因为紧张而出汗的脸，额头上的茸毛在阳光下金光闪闪如同初生的婴儿，嘴唇一张一合，微微喘着气，突然觉得自己不能拒绝她。

为什么想恋爱呢？大抵是大学这两年，身边恋爱的人越来越多，打球的兄弟开始和女友出双入对，时常爽约，宿舍的舍友隔三岔五就会外宿，苏旸也想有人陪在身边。又或者是苏晗没完没了念叨他，笑话他不会谈恋爱。更深层的原因是苏旸意识到了苏晗是不会和他在一起的。过去这么多年，苏晗把他当兄弟、当大哥、当闺密，唯独没有把他当成一个心动的男人。即便苏晗和方硕分手了，可能还会有张硕、王硕、李硕。他不怕等她，但他怕永远等不到她。

暗恋始终是一个人的事情，这中间的曲折心酸与卑微犹疑，都是内心的独角戏。决定保密的那一天，也就做好了这段感情会被尘封的准备。

恋爱后的苏旸和女友讲了他和苏晗的关系。在他的描述里，苏晗就如两人相仿的名字一样，是妹妹。从中学到现在，将近十年的感情。高秋月也没多想，只当自己男友有个关系很好的异性朋友，加上苏旸时常提起苏晗和方硕吵架的事情，她就更不会猜测自己男友和苏晗会有什么事情。

恋爱几个月后，苏旸才和苏晗讲了自己恋爱的事情，苏晗在电话那头埋怨苏旸不讲义气，恋爱这种事都能瞒这么久，然后话锋一转就说以后可以帮苏旸出主意。而苏晗和方硕的关系如同过山车一样，在分手和复合的兜转中来回牵扯，不知疲倦。好的时候浓情蜜意，苏晗以为自己终于打动了浪子，信誓旦旦地和苏旸炫耀，毕业后就会结婚；不好的时候相顾无言，苏晗对着一桩桩一件件杀人于无形的谎话和真相，心力交瘁。

苏晗抱着和方硕死磕到底的决心，一定要啃下这块硬骨头，于是忍受着他的性子，一次次原谅他的过失，退让自己的底线，虔诚地想要在爱情的斡旋中赢一次。

吵架，冷战，复合，再吵架，如此循环往复几个回合，人就变得疲了。

没分手，但也没什么感觉了，不舍的早就不是那个人了，而是全心全意的自己。

还会再见吗

＊＊＊

大三快要结束的暑假,苏晗彻底和方硕分手了,从高中一直纠缠到大学快毕业,疲倦得都不知道该拿什么词语总结。苏旸早就料到会是这样的结果,只是没法插手别人的感情,说了几次苏晗都不在意,只能看着她在这段感情里消磨殆尽,伤透了自然会放手回头。

苏晗在电话里沉默了一会儿,然后突然说:"我想去看海,我们去看海吧!"

"那我暑假的时候去北京找你吧,然后我们可以去秦皇岛看海,晚一点一起回家。"

秦皇岛的海没那么蓝,七月份旅游旺季,海边全是游客。

苏旸陪着苏晗在海滩上漫无目的地走。太阳的余晖浸染在波浪起伏的海面上,浪声逐渐盖过渐渐稀少的游人,海鸟从头顶飞过,一副岁月静好的样子。

苏晗给苏旸讲她和方硕的事情。

苏晗说她一直以为自己是在和方硕较劲,分手很久后她才明白,她其实是在和自己较劲,她不能接受自己多年的付出功亏一篑,不愿承认自己是不被爱、不被珍惜的那一个,掩耳盗铃地骗自己,说方硕肯定会想明白她才是真爱他的那个人,他们认识这么多年,光是彼此熟悉的习惯,就很难分开……

天色由昏黄彻底变黑,沙滩上人影渐稀,海浪打在礁石上,发出澎湃的声音。

夜晚的海风很舒服,没了白日的燥热,温煦且清凉。

"要不要喝酒?我们去买一点啤酒喝。"

去路边的便利店买了一袋子啤酒,两个人重新回到海滩上。远处海面上轰隆作业的船发出规律的汽笛声,打破了周围漆黑的寂静。

苏晗拿起一罐啤酒,一饮而尽,就着月色,与昨日告别。

"你接下来有什么打算,考研吗?留在北京吗?"苏旸换了个话题,想和苏晗聊点别的。

苏晗没回答,倒是反问了苏旸一句:"你有什么打算?回北方吗?还是留在上海?"苏旸喝了一口酒,然后顺手捡起脚边的一块小石头扔向大海:"说实话,我还没想好呢。不太想留在上海,但高秋月是江苏人,应该也不会愿意和我回徐山。即便谈了恋爱,还是很孤独啊。"

苏晗突然笑了一下,接着不停地喝酒,然后说道:"你不爱她，或者她不爱你，都会很孤独。"

后半夜的海边凉意十足，用不了多久，太阳又将从海平面上升起来，像往常一样，照亮整个大地。喝得醉醺醺的苏晗一会儿哭，一会儿笑；一会儿扶着额头对着大海大喊，一会儿倒在沙滩上一言不发。他们认识将近十年了，苏旸从没见过苏晗这样。苏旸突然很难过，不知道是在为苏晗难过，还是在为自己难过。

天色微明，海水退潮，苏晗红肿着眼睛对着大海叹气："苏旸，我清醒了，我觉得我翻篇儿了，谢谢你陪我。"苏旸坐在旁边，扭头看着头发乱糟糟的苏晗，话在嘴边盘旋。他其实想和她告白的，趁着这个机会，就他们两个人的时候。在苏晗情绪低落絮絮叨叨的时刻，苏旸一直计划着如何把藏在心里多年的话说出来。错过了这个时候，可能很难再找到合适的机会了。

他只是简单地想让她知道，只是想给自己的青春一个交代。她不需要给他任何回应。他想让苏晗知道，她不是一无是处，她一直在被他珍惜。他不忍心苏晗的自尊被人如此轻视，他想告诉她，即便她从来没有喜欢过他，也不会喜欢他，他都会一直把苏晗捧在手心里。他听见自己的心在怦怦地跳，他不知道说出口之后，他们会怎样，但他想说。

  思忖纠结中的苏旸，还没想清楚如何开口，披着一头凌乱长发的苏晗就凑了过来，一把搂住了苏旸的肩膀。苏旸紧张极了，他在想苏晗要干吗，难道看出了他心事重重的样子，难道要逼问他刚刚在想什么吗？苏旸一句话也不敢说，但又觉得不能就这样被看穿，他挣脱了苏晗醉意十足的揽肩，和她四目相对，问她："你干吗，打什么坏主意呢？"

  苏晗一手撑着脸颊，一手在沙滩上写写画画，对苏旸说："苏旸，你不能对不起高秋月。我现在最讨厌的就是玩弄别人感情的人了。他们以为自己被人喜欢就可以为所欲为吗？会遭报应的！高秋月对你多好啊，你不能狼心狗肺啊，你可不能让我失望啊！"

  苏旸不知道苏晗为什么这么说，是喝多了脑子不清醒，还是单纯觉得天底下的男人不能像方硕一样垃圾，又或者苏晗看出了苏旸的心猿意马，提醒他注意。可不管哪一种，都完完全全堵住了他想说的话。

  他不能说了，因为一旦说了，他的所作所为就和方硕没什么两样了，而这正是苏晗现在最痛恨的人。苏旸觉得很好笑，

还会再见吗

他已经不想和她恋爱了,只是想告诉她,可为什么连这么简单的事情都这么复杂。如果他少一丝犹豫,在一分钟前张口先说了,会怎样?苏晗会痛骂他是狗男人吗?还是会憋回去要说出口的话,感谢他对她的真心?又或者一笑而过,说不要因为儿女情长影响了他们多年的革命友情?苏旸猜不到,也无法再预设,想了许久的话和酝酿了许久的情绪重新憋回肚子里的时候,他不知道是该高兴还是该悲伤。

他和苏晗没看日出,苏晗困得睁不开眼睛,踉跄地走回了酒店,倒在床上就睡着了。苏旸坐在床边上,清醒地像是刚洗完一个冷水澡,从头到脚都是凉的。他盯着她的眉眼,一动不动,最后轻声说了句:"没关系的苏晗,我不会不喜欢你。"

天亮了,过往留在了昨天,秘密被黑暗消化。

***

苏旸走到张靖宇的新郎休息室的时候,张靖宇赶忙站起来感谢他。没说几句,就听到婚礼司仪要让他们上场的消息。现场灯光暗了下来,只有一束追光打在舞台中间。

新郎和四个伴郎率先从大门进入,穿着合体的西装,脚步坚定地走向舞台。苏旸站在最角落的地方,盯着新娘出场的方向，听着主持人在台上回顾张靖宇和苏晗的恋爱过往。他们如何相识，如何确定心意，如何共同为爱努力，决定进入婚姻。那些陈旧的爱情故事苏旸知道得八九不离十，他开始盯着远处走神。

有那么一刻，他突然觉得当伴郎也不错，比起在台下目睹苏晗的背影一步步走向张靖宇，站在台上和新郎从同一个角度迎接她，有一种身份交换的错觉。仿佛他才是今天的主角，是他在等着苏晗一步步走来，他们将共同接受朋友亲属的祝福，他们将携手走向之后的崭新人生。

大门打开，新娘披着头纱，徐徐走来，曼妙而轻盈。那是很短的一段路，却走出了一个世纪的感觉。踏出的每一步都是新生，都是未来。苏旸在倒数，倒数还有几步苏晗就会走到张靖宇面前，倒数还有几步他将迎来自己告别的最后时刻。

苏晗站定在张靖宇的正对面。苏旸仔细计算了一下，他和苏晗的距离不超过两米，看似很近，却始终有距离。

他和她之间，永远都差一点点。

＊＊＊

大四的时候，苏旸和高秋月计划着毕业之后的事，苏旸想

还会再见吗

去北京进互联网企业,高秋月想去杭州,两个人僵持了很久,没人愿意退让。分手是高秋月提的,还是在她表白的人工湖边上。两个人坐在长椅上,心平气和地聊天。

"大学时候的爱情,多半要夭折,其实我很早就知道了,但我还是觉得能恋爱一场很不错。谢谢你苏旸,给了我一段美好的回忆。"女生倒是想得开,没有死缠烂打,没有痛心疾首。

大学毕业那年,苏旸去了北京,可苏晗回了徐山。他来的那个月,她刚刚把行李寄回去。苏旸和苏晗提过,希望她留在北京工作,他可以照应她,周末可以一起玩儿,过节一起回徐山。苏晗想了很久,最后还是决定回家。

"苏旸,我不像你,学到了真本事,我这学历和专业在北京找不到什么好工作,回徐山我爸还能给我安排一个清闲的单位。"

"你还年轻,可以在外面闯荡闯荡再回去啊,再说有我在呢,有什么事情我可以罩着你啊。过两年不想待了,咱俩一起打道回府。"

苏旸还在争取,争取让苏晗留下来。"可我不想在北京待了,我一点儿都不喜欢这个城市。"苏旸没再继续争取。苏旸在海淀区的一家互联网公司当程序员,住在公司附近的补贴小区。工作稳定，收入水涨船高。同事要给他介绍对象，他拒绝了，说许久没感受过空窗期了，不想那么早就定下来。

上班后，人的心态和学生时代截然不同了，开始接受迫不得已，开始理解不同，没那么有冲劲了，也不再非谁不可了。

正如王小波在《黄金时代》里写的那样："那一天我二十一岁，在我一生的黄金时代，我有好多奢望。我想爱，想吃，还想在一瞬间变成天上半明半暗的云。后来我才知道，生活就是个缓慢受锤的过程，人一天天老下去，奢望也一天天消逝，最后变得像挨了锤的牛一样。可是我过二十一岁生日时没有预见到这一点。我觉得自己会永远生猛下去，什么也锤不了我。"

苏旸像是接受了所谓命运的安排，跻身于洪流中，盲目地赶路，却不知道方向在哪里。

苏旸喜欢周末去逛公园，溜达的时候脑子里就会想当年苏晗是不是和方硕一起来过。有时候晚上会去使馆区的外国人酒吧喝酒，给苏晗拍视频看热闹的氛围。

苏旸认识了几个朋友，周末偶尔一起约着去参加志愿者助盲活动。他负责一个六十多岁的盲人奶奶，奶奶有遗传病，五十岁那年就看不见了。但老太太心态很好，不抱怨，也不生气，时常和苏旸聊天。

苏晗回了徐山，她爸安排她在一个企业做文员，不忙也不辛苦，每天下了班约几个高中同学吃饭、打牌，周末躺在家里煲剧、睡觉。他们还是时常通话，各自聊聊最近的情况。

张靖宇的名字第一次出现在电话里时，苏旸很意外。和方硕分手后，苏晗一直没谈恋爱，觉得疲惫，懒得再去迎合别人。张靖宇他们公司的项目和苏晗单位有联系，因为送文件，两个人一来二去就熟悉了。张靖宇是富二代，开豪车穿名牌，温和而谦虚，没有丝毫公子哥的架子。他找苏晗帮忙之后请客吃饭，选了徐山一家质感不错的日料店。张靖宇安安静静地坐在那里，拿尖头筷子给苏晗夹三文鱼，看她吃完，又夹一块。

苏晗就是被这种慢条斯理的温柔打动的，觉得张靖宇耐心、善良、靠谱。在一起之后，张靖宇也没什么毛病，出差、有应酬都提前和苏晗报备，过节一定会准备礼物看望家人，苏晗看了一眼的东西第二天就会出现在她桌上。不用胆战心惊，不必自我怀疑，苏晗的人生像是走了大运，从此都是坦途。再也不像从前那样，在电话里要么叹气要么哭诉，声讨老天无眼、命运不公，她一直在夸奖靖宇多好多靠谱。

***

用心如止水这个词形容苏旸的心情很恰当，他或许认了命，或许断了执念，觉得这辈子和苏晗这样也挺好的，当一辈子的兄妹家人，没有急剧的升温，也不会有骤然的失落。

扔捧花的时候，苏晗回头看了一眼，偏心地把捧花扔向了苏旸的方向。苏旸接住了，他知道他必须接住。她把祝福给他，他坦然接受。

婚礼的第二天，苏旸准备开车回北京，苏晗带着一箱香槟来送他。

"谢谢我哥，这几天忙坏了吧！"苏晗还是嬉皮笑脸的样子。

"我还好，你肯定很累，我看你来回换衣服都觉得累。"

"我还好，哈哈哈，毕竟一辈子就这一次，痛并快乐着。"

"瞧你这出息！"

"你快别说我了，你也老大不小了，该考虑个人问题了，虽然北京不像徐山，大家普遍结婚晚，但你先谈个女朋友啊，不结婚也可以享受恋爱的甜蜜嘛。你和高秋月分手后一直没恋爱，不能因为当了程序员就六根清净了吧……"

"打住，我的小祖宗，你打住。你别刚一结婚，就婆婆妈妈起来啊。"

"我这不是关心你吗,想让你早点过上老婆孩子热炕头的生活。"

"好的,我努力好不好,我回北京就努力。"

"哥,等你结婚,我和靖宇一起去北京帮你张罗,我俩办过婚礼,有经验。等我们有了孩子,你就是舅舅,你外甥以后去北京读书,就直接住你家,你可得管他……"

苏旸忘了是从什么时候开始苏晗不喊他名字了,直接叫他哥,他也默认了这个称呼。开车回北京的路上,车上循环播放着苏晗婚礼上播放的那首 *I will always love you*。苏旸想起婚礼现场司仪问新郎:"你是在哪一刻对新娘心动的?"

张靖宇在台上回忆第一次见苏晗的场景,说苏晗温柔细致、古灵精怪,也提起了他们第一次约会吃日料时,苏晗安静地坐在那里,就让他很想保护她。苏旸站在伴郎的位置,嘴角微微上扬,在心里搜寻着自己的答案。

他喜欢她的时候,她不好好穿校服,把裤腿改得很细,大嗓门爱吵闹,留着非主流的刘海儿,不学无术不干正事,和"温柔""美好"毫不相干;他喜欢她的时候,是她叛逆的巅峰,和家长吵架,无视老师的要求,但会因为坏学生不给卖早点的阿姨包子钱，二话不说上去就给人一巴掌。

他喜欢她，不是因为她拥有多少美好的品质，而是她就是她，站在人群里，一眼就能找得到她。他的喜欢跟着远去的青春一起，被留在了回忆里。

好久没联系的盲人奶奶前阵子给他介绍对象："孩子，那姑娘也是你们徐山的，多巧啊。她人可好了，你见见吧。"苏旸答应下来，打算等参加完苏晗的婚礼就约女孩见面。回去的那个周末，苏旸约了女孩在国贸见面。

女生穿着白色衬衫，背着简约的通勤包，蓝色牛仔裤腰上系着一条丝巾，看见苏旸之后，招了招手。

"你好，我是徐奶奶介绍的苏旸，很高兴认识你。"

"你好苏旸，我叫付欢，听说我们是老乡。"

错过

是遗憾留下的伏笔

Chapter 3

后来的
我们，没有再联系

I WISH YOU

还会再见吗

❶

匆匆忙忙赶路的人是顾不上看路边的风景的,

更无暇顾及身边人的神色。

他们自顾自地往前走,

不知道路在哪里,

不知道前方是什么,

不知道终点有什么,

更不知道为什么要往前走。

❷

爱情究竟是如何发芽的,

当事人往往并不清楚,

如果能精准地判断会在哪一刻爱上这个人的话就好了,

在我们知道我们不能得到这个人的时候,

就主动断绝那些可能爱上他的机会。

北京国贸是个很神奇的地方,那里有全北京最标致的建筑、消费最高的商场和数不清的大小公司,还有无数为了梦想穿梭在高楼里的年轻人。踩着高跟鞋跟甲方客户赔笑脸的应届毕业生不少,穿着西装在写字楼底下一边抽烟一边和隔壁公司员工侃大山的男生很常见;慌慌张张跑进便利店买个饭团都来不及加热的程序员总是穿着标志性的格子衬衫,站在奢侈品招牌下自拍的都市白领幻想着名牌包自由的那天。

人在五光十色的环境下,会不自觉地代入当下的场景。"买房""摇号""财务自由"等字眼挂在嘴边,以为在最繁华的地段上班就拥有了更体面的生活,以为每天路过奢侈品店就会很快过上同等消费的日子。

国贸桥下是很多公交车的始发站,那些白天拿着星巴克咖

还会再见吗

啡与甜品的白领下班后趁着夜色在这里等车,拼命抢到一个座位,才能一路坐着回到五环外的合租屋。

沈最逸每天下班都在这里等车,她想坐到固定的座位上,这样才能打开车窗透透气,戴着耳机听着歌,一路摇摇晃晃地回家。358路公交车总是很拥挤,赶上下班高峰还经常堵车,同事们总是相约一起去坐地铁,叫了沈最逸几次,她还是习惯一个人去等公交。比起在地下马不停蹄地穿梭、一刻不停地赶路,她更喜欢地上的样子。因为这是一天中她最自在的时刻,不紧不慢地看看这座城市,看路边高楼林立、广告牌一个接一个地更换,看远处的居民楼里万家灯火,一定有唠叨的妈妈,有吃完饭不想做作业的小孩,还有下了班拖着疲惫的身子回到家的爸爸。

她不在乎在路上耽搁的时间,因为就算赶时间回到家中,她也没什么要紧的事情可做。

从国贸桥一直往东开,车上的人越来越少,路边的灯也越来越暗,等到沈最逸到站的时候已经接近九点,路边的小吃店很多已经关门了,小区门口停着零零散散的快递车,快递员都下班了,只剩下二十四小时便利店还在营业。

沈最逸惯常会买一份关东煮、一杯酸奶回家。那间十多平方米的小房间是她在这座城市的安身之地。吃着关东煮，看新出的综艺是她每晚固定的生活搭配。综艺就那么几个，百无聊赖地刷一会儿视频，吃完关东煮里的最后一口菜，将垃圾扔到门外，又结束一顿仓促而又简单的晚饭。

之前租的房子被房东突然卖掉之后，沈最逸拖着行李仓皇之下找到了现在这个合租屋。合租屋有三个房间，其中一间住着一对情侣，沈最逸和他们没碰过几次面，但每周他们至少会吵一次架，吵到一个人掀桌子摔门而出为止，周周循环，从不停歇。

另一个房间里住着一个宅男，听中介说是个自由职业者，具体干什么的也不清楚。他很少出门，但会在家做饭，在厨房叮叮当当一顿，回了屋，留下一片狼藉的厨房。秉承着多一事不如少一事的原则，沈最逸也不表达什么，只是减少去厨房的频率，直至最后完全不踏入那片土地。

沈最逸和这几个室友都不熟，只是点头之交，她回家后总是迅速洗澡然后回到自己的小房间，坐在写字桌前简单地用护肤品涂涂脸就躺到床上玩手机了。

她不是精致的女孩，甚至算不上勤劳。她就是那种普普通通的女孩，什么都普普通通，对事物也没有特别高的要求和期待。

　　躺在床上，沈最逸开始看今天的时事热点，看短视频里帅气的大男孩和甜蜜的情侣，看论坛里的北漂青年的落户买房经验分享帖。那些多姿多彩的生活和她并没有什么关系，她只是作为看客看看，既没有得到的欲望，也没有憧憬，过一会儿就会关掉手机，调好闹钟，按时睡觉。

　　过不了几个小时，天就会亮，快递小哥开始挨家挨户地送快递，早点铺的包子升腾起热气，沈最逸再坐公交从五环外进城上班。

　　沈最逸来北京三年了，国贸的这家传媒公司是她的第二份工作。她做着简单的编辑工作，不出错也不出彩，就像她平淡简单的生活，从来没有高光时刻，从来都是平稳缓慢的样子。

　　她很羡慕和她年龄相仿的同事付欢，已经做到了公司中层。付欢有目标有冲劲，自己努力，领导也赏识，薪水成倍地涨。后进公司的晚辈都很怕付欢，因为她是出了名的拼命三娘。但沈最逸做不到，她没有付欢那么有进取心，她不想当领导，她害怕高压的环境，就连每周例会当众发言，沈最逸也是话最少的那个。

她也很羡慕坐在隔壁比她大两岁的刘莹。同事几年，就没见刘莹有过空窗期，男朋友一个接一个地换，关键是每一个都很优质，每天上下班车接车送，还带刘莹出入各种高档会所，送最新款的包包。而刘莹现在的男朋友是做金融的，两人感情稳定，准备结婚，男方在东四环买了房子，听说是全款。几个月后，刘莹就可以退掉现在租的房子，打包自己的行李搬进窗户全部朝南的高档社区。

刘莹经常和沈最逸说的一句话是："哎呀，女孩子真的不用那么努力，到头来还是要找个人嫁了，相夫教子，所以找个好男人是最重要的事。"

每每这时，沈最逸总是笑笑不说话。刘莹所有的钱都用在买衣服、包包和护肤品上，钱不够花还有男朋友贴补。她没有刘莹好看的脸蛋，没有刘莹会撒娇，甚至她的声音都没有刘莹的有辨识度。她永远成不了那种会让男生一眼喜欢的女生，她连和男生搭讪、撒娇都不会，又怎么能和刘莹走一条路呢？她很期待恋爱，但她没有刘莹那么会谈恋爱。

上一次同事聚餐，喝了酒的付欢问沈最逸为什么要来北京，她回答说觉得在家无法过上理想的生活，在北京可以。付欢问她,那你现在过上了吗。沈最逸想了半天,说好像还是没有。

国内普通大学本科毕业,学了不热门的专业,跨专业做了现在的编辑工作;性格慢热内敛,来北京几年,接触的人还是那么几个,要么是大学同学,要么就是同事;周末要么宅在家睡觉、刷剧,要么就约一两个朋友在附近的商场逛街、吃饭。

沈最逸自己都觉得自己的生活太平淡乏味了,没有兴趣爱好,没有恋爱,没有丰富的旅行经验,甚至连工作也只是做到刚刚及格。

原以为从南方老家来到北京可以过上想象中的生活,远离父母的管束唠叨,体会丰富多彩的人生,认识有趣好玩的朋友,在职场上成为令人信服的前辈,谈一段温暖浪漫的恋爱……可惜的是,她什么都没做到。

沈最逸时常在想,这么大的北京,应该不是就她一个人过成这样吧。

像她一样的人会不会有很多?

离开学校已经几年了,依旧是稚气的打扮,也照着时尚杂志和网络平台学过穿搭,却总显得生搬硬套。看同事新穿的衣服质感很好,一问价格马上就沉默了。新出的口红买过几支,却始终没找到适合自己风格的。

　　挣着不高不低的工资，好像比留在家乡的同学稍微好一点，但还是租不起市中心的房子，还是没有实现车厘子自由，买衣服还是要先看吊牌价格再去淘宝下单，每天计算着外卖的花费、交通的花费，不敢多花也不能多花。工作好久了，还是没有成为职场中厉害的角色；工作经验倒是有，但也不足以成为升职加薪的理由；也做过职业规划，但更多时候仍是忙忙碌碌、恍恍惚惚地度过。

　　时常幻想说走就走的旅行，却总是因为各种原因，哪儿都没去。想学的东西很多，却还是一拖再拖，到头来还是什么都不会。想谈一场甜蜜的恋爱，却从来不去参加朋友组织的社交活动。日子一天天过去，迷迷糊糊地跟着人群往前走。没有成为理想中的自己，甚至慢慢地，已经不知道理想的自己该是什么样子了。

　　生活马不停蹄，人只能仓促跟上，已经不记得来时的路和想去的地方到底在哪里。沈最逸温暾地过着日子，没有想回家的念头，也没找到必须留在这座城市的理由。她的人生就在及格线上，什么都马马虎虎，自己要过什么样的生活完全没想明白，能成为什么样的人也没考虑过。好像来北京只是换个地方

还会再见吗

谋生，根本谈不上好好生活。

匆匆忙忙赶路的人是顾不上看路边的风景的，更无暇顾及身边人的神色。他们自顾自地往前走，不知道路在哪里，不知道前方是什么，不知道终点有什么，更不知道为什么要往前走。就看见别人在走，于是急匆匆跟上。

***

不久前，付欢给沈最逸推荐了一份撰稿兼职，是帮一家科技创业公司撰写宣传文案。这个兼职本是付欢的朋友介绍给付欢的，但付欢忙得没时间做兼职，也不太在意这点稿费，于是推荐给了不怎么忙还很缺钱的沈最逸。

沈最逸习惯性地拒绝了付欢的推荐："谢谢你啊，欢！不过还是算了吧。"

付欢穷追不舍："为什么啊？你没有时间吗？"

沈最逸说："那倒也不是，我主要怕我写不好，给你丢脸。"

付欢一脸嫌弃地看着沈最逸："你呀，什么事情都习惯性后退和拒绝，你不试试怎么知道不行呢？再说了，有钱赚你都不乐意吗？"

沈最逸被付欢说得哑口无言，但还是纠结："你让我回家想想,我明天上班答复你。"

这就是她和付欢的区别,虽然年纪相仿,但想法和做事风格完全不同。她害怕麻烦和失败,害怕被否定,当然也害怕承担意外发生之后的后果,活在自己熟悉的舒适区里,不会有惊喜,也不会有意外。可人生如果一直都是这样,那什么时候才能有转机?一边叹息着生活的平庸无味,一边碌碌无为。

想了一晚上的沈最逸决定试试看,就像付欢说的,不能和钱过不去。第一篇宣传文案要写这家科技创业公司的成立初衷,介绍创始人的个人经历。那是沈最逸第一次和李兆翰见面,约在国贸附近的一家轻食餐厅。

下班后来不及收拾打扮,沈最逸背着装着笔记本和电脑的帆布包提前到了约定的地方,等待她服务的甲方到来。一路小跑过来,头发被风吹得没了造型,脸上泛着红,脑门上沁出颗颗汗珠。沈最逸拿起桌上的纸巾擦了擦脸,又拿手捋了两下头发,紧张地等待着。

这是她第一次接私活,完全不知道如何和客户沟通,更不清楚这个创业公司的老板会不会很难搞,毛病多不多。她在公司倒是写过新闻稿,也写过采访稿,各种类型的文章没少接触,但那都是内部的工作,写不好主编会帮她修改,她按照主编的修改意见照猫画虎，也可以完成工作。但外面的工作没人帮她兜着，也不知道客户是什么样的风格喜好。越想越忐忑，心跟着扑通扑通直跳。

恍惚间一个人朝自己走来："你好，你是沈编辑吗？"

沈最逸连忙起身，点了几下头，还未开口介绍自己，李兆翰已经坐下来了："不好意思，路上有点堵车，让你久等了。"

沈最逸赶忙说："没关系，我也刚到不久。"

李兆翰和服务员要菜单点餐的间隙，沈最逸才敢抬头打量一下他。

一身黑色运动装，黑色休闲鞋，就连露出的袜子也是纯黑色的。虽然衣服宽松，但肩膀很厚实，一看就是常年健身的人。发型就是简单的寸头，不花哨但很干净，显得整个人都很精神。眉骨很高，鼻梁高挺，棱角分明，右眼眼角有一颗不大的痣。

沈最逸正看得仔细，李兆翰突然抬起头来："一杯黑咖啡，一份金枪鱼沙拉，你吃什么？"

沈最逸连忙回答："和你一样就行。"于是沈最逸第一次喝不加糖的黑咖啡，又酸又苦，每一口都只敢小口抿一下就迅速咽下；第一次吃一份像喂小鸡一样的食物，没有主食，口味清淡。

李兆翰边吃边开始讲成立公司的事情。沈最逸用录音笔录音,又在笔记本上记了一些关键信息,还时不时停下来和李兆翰沟通细节。他们聊了两个小时,沈最逸大致了解了李兆翰和他公司的情况。比沈最逸还小一岁的李兆翰去年和两个高中同学一起创业,三个人一个美国留学回来,一个英国留学回来,一个加拿大留学回来,大学毕业三年,已经做过成功的创业项目。现在是第二个创业项目了。

原本以为是初出茅庐的职场新人,却没想到李兆翰懂得很多。行业分析、前景预测、经济发展趋势、投资人的投资意向,李兆翰侃侃而谈,沈最逸插不进嘴,便细心听着。李兆翰说得起劲,言语里夹杂着英文单词,有的沈最逸能听懂,有的听不懂,只好不懂装懂,微笑着点点头。

两个小时一晃而过,落地窗外,行人渐少,东三环上的车辆疾驰而过。李兆翰说累了,也说得差不多了,站起来准备离开。

李兆翰先问的沈最逸:"你住哪儿啊?"

"东五环那边。"沈最逸跟着追问,"你呢?"

李兆翰说:"我家就在附近,我现在先去健身,白天太忙,只有晚上有时间运动一会儿,然后走着回去。"李兆翰冲沈最逸笑了笑,说,"占用你今晚的时间了,期待你的稿件。"

还会再见吗

然后两人在路口告别。

沈最逸照常去坐358路公交车。比平时更晚离开国贸的沈最逸错开了晚高峰，听着每日循环播放的歌单，反复思考着李兆翰说的话。住在国贸附近的北京人，一定很有钱吧。去美国留学回来创业，一定又聪明又优秀吧。长得这么帅，身材还很好，一定有很多追求者吧。

这世上一定有少数人是含着金汤匙出生的，脸蛋漂亮，脑袋聪明，一路顺风顺水，不费力就可以得到别人想要的一切，永远是金字塔尖的那一批人。李兆翰就是金字塔尖的人，而可怕的是，金字塔尖的人比你还努力。

等到回到家后，便利店的关东煮已经卖完了，没吃饱的沈最逸买了一袋面包、一瓶酸奶回去。蹑手蹑脚地打开家门，迅速钻进自己的房间，生怕吵到隔壁屋已经睡着的室友。原本闭上眼睛就能睡着的沈最逸今天躺下却怎么也睡不着，大概是咖啡因在作祟，沈最逸不停地翻身，热得盖不住被子，脑子无比清醒。她不敢看手机现在是几点，怕离起床的时间越来越近，就那么平躺着，等着眼皮发涩，睡意降临。

李兆翰吃东西的样子先出现在脑海里，大口吃下却细嚼慢咽，沙拉里的鹰嘴豆被挑出来放在一边。然后是他说话的声音，音色低沉，有点像深夜电台的男主播，听他说话内心会泛起涟漪。最后是他嘴角并不明显的上扬，只在聊到兴致勃勃时，他微微笑了一下，向上的弧度刚刚好，在沈最逸的脑海里久久停留，挥之不去。她不记得自己是几点睡着的了，半梦半醒间她仿佛又听见了李兆翰对她说的那句"再见"。

第一篇宣传文案沈最逸反反复复修改了三遍，还发给付欢请她帮忙看了一下，确定没什么问题之后，才发给李兆翰。本以为李兆翰会提一些修改意见，没想到痛快地一稿过："我不太会看这些，你觉得可以就可以，我只是发在我们自己的公众号上，还有几个合作的网站上。"

李兆翰痛快的态度让沈最逸有点不好意思，她总觉得自己写得没那么好，但李兆翰出人意料地一直在鼓励她："我觉得你逻辑很清晰啊，我想表达的你都说明白了，层次分明。"

沈最逸不好意思地发了一个害羞的表情包，不知道如何和客户搭话。

接下来的很长一段时间，沈最逸和李兆翰都保持着客气的合作关系，需要写文案时，李兆翰就来国贸附近找沈最逸对接，没有稿件需求时，两个人不会过多联系。沈最逸偶尔在朋友圈

还会再见吗

刷到李兆翰的消息,各种出差、开会,闲下来的时候就是健身、打球,发的食物也是健康的蔬菜和牛肉。沈最逸偶尔点赞,但更多时候是无视。他们是不同起点的人,过着截然不同的生活。李兆翰的生活对于沈最逸来说,太遥远了。

那个周末,沈最逸像往常一样,按要求将完成的稿件发给李兆翰。每次发给李兆翰的时候他都会立即回复"哈哈哈哈好的",然后带个表情包。但这一次,李兆翰隔了一整天才回复了两个"好的"。

沈最逸感觉有些不对劲,但又不知道哪里不对劲,纠结着要不要问问他。但他们一直是合作关系,突然去问人家私事,会不会有些冒昧?

她给付欢发微信:"我感觉李兆翰最近状态不太好,想问问他怎么了,要不要关心他一下啊?"

付欢秒回信息:"问啊,问上一句,没准以后就是你的长期客户了。"

有了付欢的支持,沈最逸给李兆翰发了一条微信:"怎么这次回复没带个表情包,工作不顺利?"

过了一会儿,李兆翰回复:"不是很顺利。"

沈最逸看着手机屏幕里的五个字，不知道如何是好。她以为对方会客气地回复"还行"，一时间不知道该说些什么安慰对方，于是鬼使神差地发了一句："要不要出来喝酒？"

没想到李兆翰痛快地回了一句："好啊，去哪儿？"

三里屯使馆区的那家酒吧沈最逸只和同事们去过一次，觉得环境还不错，就把地方定在了那里。

沈最逸着急忙慌地换衣服、化妆，一向舍不得打车的她甚至叫了车去了约定的地方。

昏暗的酒吧里放着熟悉的爵士乐，每张桌上都点着烛台，男男女女们交谈的声音都不大，调酒师在吧台后熟练地操作。沈最逸看到李兆翰已经坐在角落里，快步走了过去。

"不好意思，路上有点堵车，我来晚了。"沈最逸赶忙解释道。

"没关系，我也刚到。你看看要喝什么。"

沈最逸点了一杯酒精浓度很低的鸡尾酒，李兆翰也很快点好了喝的。"最近怎么啦？"沈最逸小心翼翼地问李兆翰。

"我们的项目赶上政策问题，推进不是很顺利，第一轮投资的钱也要用完了。我天天到处陪投资人，有点烦。"

还会再见吗

沈最逸这才反应过来，李兆翰比自己还小一岁，不顺利的时候也会吐槽，有压力的时候也会心情不好。沈最逸不知道如何安慰他，她既不懂他们行业的政策，也不懂融资，给不了什么建议和帮助，只能说着"会好的，你别太担心，你这么优秀，肯定会好的"之类的客套话。

沈最逸自己都觉得这些安慰的话没用，无关痛痒的，谁都能说，可她除了能把今天的酒钱付了，好像也不能为李兆翰做更多了。

两杯酒下肚，胃里逐渐暖了起来，屋里的暖风吹得人有点燥热。沈最逸看着李兆翰还在发愁的脸，说："你知道吗？我超级羡慕你。"李兆翰抬起头，一脸不解地看着沈最逸。

"出生就在北京，能去美国读书，学习回来就能创业开公司，住在国贸，长得还这么帅，还不值得羡慕吗？"

李兆翰挠挠头笑了："谢谢你夸我啊，让我发现我原来有这么多优点啊。"

沈最逸像是打开了话匣子，继续说："我们北漂的目标就是什么时候能买套房，再想尽一切办法落了户，这辈子的使命就完成了。而你，出生就拥有了我们想要的一切，出生就生在了我们的终点。"

李兆翰哈哈大笑之后说："好吧，被你一说，我感觉我家财万贯啊，没什么可郁闷的。但你知道吗？人的欲望是无止境的，就像你拼尽全力想在北京买房一样，等你买了房子你就想要更大的房子，还想要一辆车，车要停在买来的车库里，过两天你发现大众怎么看都没有奔驰好，你还想换一辆奔驰。我们想要的远不止眼下拥有的这些。"

沈最逸点点头，喝了一口酒。她当然明白李兆翰说的话，他们站在不同的高度，看到的都是自己目光所及想要的东西。沈最逸羡慕李兆翰拥有的，可对于李兆翰来说，这些可能远远不够。

"那你呢？除了北京的房子，你最想要什么？"沈最逸被李兆翰的提问问住了，她到底想要什么呢，她似乎也不清楚。她不像付欢，想要事业有成，也不像刘莹，想要相夫教子，她好像没什么特别想要的东西。她一直都这样，没有明确的目标，但她不想被问住，于是脑子极速运转，迅速想出了一个答案："和你一样啊，想要生活越来越好，想要每一天都能比前一天更好一点。"

喝到第三杯的时候，沈最逸明显感觉自己有点醉了。她不

还会再见吗

爱喝酒，也没什么酒量，之所以邀请李兆翰喝酒，完全是因为电影里的情节都是这样的，男主角心情不好在酒吧喝个烂醉，女主角去把他接了回来。只是真实的生活不像浪漫的偶像剧，李兆翰还清醒着，沈最逸已经觉得脸颊发烫，说话语速变快，脑子还清醒着，只是有点絮叨。沈最逸明白自己不能再喝了，再喝下去，就要失控了。

可即便如此，沈最逸的醉意还是一阵阵袭来，她开始滔滔不绝地和李兆翰讲自己这几年的北漂经历，讲工作中的不顺利，讲自己的性格不讨喜。明明是李兆翰心情不好，最后反而变成了沈最逸在烦闷地吐槽。明明脑子是清醒的，想停下来，但嘴巴就是不受控地一直讲啊讲，最后是沈兆翰抢先结了账，叫了车送沈最逸回家。

沈最逸靠在车窗上看着窗外灯火，李兆翰坐在副驾上一言不发。

车里寂静得没有一丝杂音，只有车载音响小声地放着音乐："人间的满也是这人间的空，你可想过你为何匆匆……"

沈最逸偷看着李兆翰的侧脸，轮廓分明，黑色的寸头，头发看上去很硬，她突然想伸手摸摸他的头，但仅存的清醒让她忍住了。尽管今晚他们像老朋友一样吐槽着各自生活里的不如意，沈最逸讲了不少和别人从没讲过的话，他们一度相谈甚欢，但她知道，这种短暂的亲近是有时限的。她也清楚，这个时限就到她下车为止。等她下了车，过了今晚，他们大概率还是甲方与乙方的关系。

她没想过她和李兆翰会怎样，哪怕光怪陆离的酒吧灯光曾让她刹那沉迷于李兆翰的侧脸和声音，但东五环清冷的风会迅速把她吹回现实。

***

李兆翰工作进展不顺的那个阶段，没有写稿的需求，他们不怎么联系。那天的事情如同酒醉之后的幻影，清醒之后便消失了。李兆翰朋友圈一直没再更新，沈最逸忙着公司的新项目，偶尔想起来，想问问他的近况，话到了嘴边，不知道怎么开口，干脆选择不说。

成年人的交情就是这样，聚散有时，真伪难辨。你很难说和谁的关系会始终如一、亲密无间，也无法预料转机和意外会在何时出现。

没有兼职的那段时间，沈最逸鬼使神差地想要努力工作，不想躲在人后面了，主动提出想要参与公司新开的项目，负责

还会再见吗

一个新人作者的签约稿件。合作敲定后,沈最逸和作者约在公司附近的星巴克见面。午后三点,刚一推门,就看到李兆翰和两个人坐在那边聊天。

就在沈最逸吃惊于怎么这么巧的时候,李兆翰也刚好看到了她,抬头招招手,沈最逸点了点头,就去和作者谈合作了。等到聊完所有细节,天色已晚,站起来准备离开的时候,她看到李兆翰一个人坐在那里,刷着手机。还是固定的穿衣风格,黑色运动裤、黑色卫衣、黑色休闲鞋,套一件羽绒服。看到沈最逸结束工作了,李兆翰站起来招了招手,嘴角微微上扬,落日余晖印在他的脸上,忽明忽暗。

他应该是在等沈最逸。沈最逸送走作者之后快步走过去,夸了一句:"李老板今天真帅啊。"

李兆翰哈哈笑了两声:"好久不见啊,沈编辑。"

坐下来聊天才知道,李兆翰一直在忙融资的事情,跟着投资人到处跑,没少出差,连着好几周都不在北京。今天也是,约了两个做投资的朋友,继续聊项目。比预想的时间结束得早,之后也没什么安排,就留下来等沈最逸。

"你饿吗?我知道这附近有家不错的居酒屋,要不要去吃?"李兆翰突然邀请沈最逸一起吃饭。

"好啊。"沈最逸痛快地答应了。

原本以为工作日的晚上没什么人,却没想到那家店要预订,等他们到的时候,发现不大的店里已坐满了人,他们晚来了一会儿,要等位。服务员客气地倒了两杯水之后就进去忙了,留下李兆翰和沈最逸坐在并不宽敞的等位区等着。屋内是食客小声交谈的声音,音箱里放着轻柔的音乐。

"你平时喜欢吃什么?下班后回家做饭吗?"李兆翰双手抱胸,开始和沈最逸闲聊。

"我什么都吃,不怎么挑。平时喜欢吃火锅啊、涮串啊,晚上就买些炒粉、粥之类的。"

"你还挺喜欢吃碳水的。"

"是啊,我可吃不了你吃的那些轻食,全是菜和肉,没有主食,我根本吃不饱。"

"我在国外上学吃惯这种了,吃火锅什么的反而不习惯,要拉肚子。"

沈最逸一脸不可置信地看着李兆翰:"哇!你好脆弱,哈哈哈哈,你说吧,你还有什么不能吃?"

本来是开玩笑的话,没想到李兆翰真的认真思考起了自己不吃什么东西。

还会再见吗

"我不吃葡萄和车厘子，还有桃子，都有点过敏，得剥了皮才行；我还不喜欢茼蒿的味道；虽然我是北京人，但我喝不了豆汁儿……"

沈最逸打断了滔滔不绝的李兆翰："李老板，别说了，你感谢老天爷吧，这么挑食，还能让你长这么高。"

李兆翰不服气："还好吧，其实也没有很多。"

他们聊饮食习惯，聊生活作息，聊喜欢的歌手，聊北京哪里的酒馆比较适合朋友聚会，音乐在头顶盘旋，气氛轻松愉悦。没有因为等位而烦躁，也没有催促的打算。

聊得正起劲，沈最逸突然来了工作，领导让她立即修改一份已经上交的文件，她不得已掏出包里的笔记本电脑开始加班："我得改个文件，你玩会儿手机吧。"

"没事儿，你忙你的，不用管我。"

安静的走廊里没有其他人经过，沈最逸噼里啪啦敲打着键盘，李兆翰坐在旁边，一言不发。过了十几分钟，沈最逸合上了电脑，李兆翰的头也是在这一刻撞到了沈最逸的肩膀上。

还是双手抱胸的姿势，眉头紧锁，表情严肃，感觉心事重重的样子。就这么十几分钟的时间，他竟然睡着了。沈最逸不敢动，怕吵醒他，想让他多睡会儿，屁股有点麻也保持着一动不动的姿势。

转过头去看李兆翰的脸,睫毛很长,鼻梁高挺,呼吸均匀。屋里好像一瞬间安静了下来,吃饭的人好像都停止了交谈,沈最逸只能听见李兆翰的呼吸声,还有自己的心跳声。那是超出平常的一种心跳,比她跑着追公交车的时候更快。她试图冷静下来,却发现不行,最后干脆放弃了挣扎,又看了一眼还在睡的李兆翰,伸出右手摸了他的头发。

"你干吗摸我?"李兆翰突然说话了。

沈最逸被吓了一跳,赶忙缩回了手:"你没睡着啊?"

"饭都没吃怎么能睡着,我都快饿死了。靠着你闭目养神一会儿。"

这时,服务员出来叫他们可以准备用餐了,两个人站起来一前一后进了屋。沈最逸跟在后面,有些不知所措,可坐下之后,李兆翰只顾着点菜、吃饭,压根儿没提刚刚的话题。

***

那天以后,两个人的联系频繁了起来。即便不是写稿的时候,也会闲聊几句,遇上不忙的日子,还会约着吃顿晚饭。李兆翰拿到了新融资,项目也在有条不紊地进行,从几个人的单

还会再见吗

打独斗发展成十个人的小团队,并找了国贸附近的联合办公场地,离沈最逸的公司很近。停了很久的宣传文案重新启动,沈最逸又开始给李兆翰的公司供稿。

李兆翰还是那样,说起自己感兴趣的话题便滔滔不绝,聊股票基金,聊经济形势,聊科技行业的大佬又有哪些新判断,聊哪款蛋白粉增肌效果好。沈最逸大多数时候都在听,她不懂财经,不懂科技,连他说的蛋白粉品牌都没有听说过。她是个很好的倾听者,但倾听是很没有存在感的事情。沈最逸有些莫名的难过。

有几次聊着聊着,谈起学生时代的感情,话到了嘴边,沈最逸又咽了回去。她好奇李兆翰有没有女朋友,但不敢问。一开始她觉得这是隐私话题,他们的关系还没到可以谈论隐私的地步;但后来她就不想问了,她怕得到的答案是她不想听的。她怕他如果不是单身,她就不能半夜给他发消息,不能像现在这样,一块儿出来吃饭、喝酒。

明明什么都没发生,但她仍然心虚。

爱情究竟是如何发芽的,当事人往往并不清楚,如果能精准地判断会在哪一刻爱上这个人的话就好了,在我们知道我们不能得到这个人的时候，就主动断绝那些可能爱上他的机会。

沈最逸知道自己不该和这个人产生工作以外的联系，但她还是没能做到。她想见到他，想和他说话聊天，想陪在他身边。李兆翰变成了她的第一顺位，总是最先回复他的消息，最先想到他说过的话；李兆翰要的稿件，她总是最快写完，即便要熬夜，也会提前给他。

沈最逸总是在想自己是从什么时候喜欢上李兆翰的，是第一次见面，他穿了一身黑色的运动服，身材很好，她在心里偷偷感慨一句"好帅啊"的时候？还是李兆翰刚睡醒，声音沙哑回复她工作微信的时候？又或者是那次，他们在酒吧，李兆翰第一次表现出脆弱的时候，她记不清了。

那次，沈最逸刚刚熬夜写完一篇稿子发给李兆翰，李兆翰便接连发来几条语音消息，沈最逸点开发现，每一条都是嘈杂的环境音，周围闹哄哄的，什么都听不清楚。

"你在哪儿？怎么了？喝醉了吗？"沈最逸发微信问李兆翰。

"没有啊，喝了点儿，但没醉，不小心按错了，没事儿。"李兆翰回了一条语音。沈最逸看了看表，深夜两点："你一个人吗？把地址发我吧。"

还会再见吗

"你别出来了，太晚了。"

"没事儿，你把地址发我，我看看多远。"

李兆翰发来一个定位，沈最逸看了一眼，打车要半个多小时。

深夜两点的东五环，街上没什么人，小区门口的保安亭已经没人站岗了。楼道漆黑一片，电梯间隔壁的安全通道里即使藏一个人也不会被发现。沈最逸犹豫了片刻，穿上衣服，出了门。

等她到的时候，酒吧已经关门了，李兆翰坐在门口的台阶上，正低头看着手机。五月的北京，已经不冷了，路上还有刚结束夜场活动的年轻人，有飞驰而过的汽车，这座城市彻夜不眠。

李兆翰看到沈最逸过来，站了起来，一个不稳，差点摔倒。沈最逸眼疾手快，托住了他的手臂。

"谢谢你大老远跑来啊。"

"我陪你溜达一会儿吧，透透气，再送你回去。"

沈最逸搀着喝了酒的李兆翰，在东二环的路边漫无目的地走着。沈最逸想问问李兆翰怎么了，但想了想，还是没说话。两个人都沉默着，和周围的寂静融为一体。沈最逸没撒手，李兆翰也没挣脱。

此时此刻,宇宙浩瀚无垠,亿万颗星星在天上闪烁,海底火山在爆发,海水拍打着礁石,森林哗哗作响,新生命按时诞生,恒星在死亡,但那又如何呢?左手边的李兆翰才是沈最逸最想抓住的,她在心底祈祷永恒,哪怕天不会再亮。

"有个合伙人不干了,我不差他当初投的那点钱,虽然每个人都有自己的想法,但我还是觉得有点可惜。"

李兆翰开始讲自己和这个合伙人是在什么机缘巧合下决定一起开公司的,他们经历了什么困难,如何互相扶持帮助,又是在什么时候产生了分歧,直至分开。一开始还是平静地讲述,偶尔会讲两件两个人之间的趣事,到后来情绪越来越激动难过,声音也跟着变大,控制不住的失落在言语中流动。

走着走着,李兆翰突然停住了,坐在公交站的铁皮座位上,盯着远处不知道在想什么。

沈最逸站在他旁边,很想抱抱他,但不知道合不合适,便忍住了。可看他像丢了魂一样,落寞无助,呜咽着不知道说什么的时候,沈最逸还是伸出手摸了摸他的头。李兆翰忍不住有些哽咽,沈最逸静静地陪着他。

李兆翰坐在那里一动不动,沈最逸走到他的正前方,蹲下

还会再见吗

来，看着他的眼睛说："会好的，都会好的，你一定会好的。"每说一句，语速就放慢一点，直到最后一个字讲完，沈最逸也红了眼眶。她不知道她为什么哭，但她很不想看到李兆翰颓丧的样子。她喜欢他神采奕奕的样子，喜欢他意气风发地讲他的目标的样子，她不想看到他被现实折磨得无精打采，自己还无法助他一臂之力。

快四点的时候，环卫工人开始打扫卫生，街上的车逐渐变多。沈最逸叫了车，送李兆翰回家。那是她第一次去异性家，国贸附近的高档公寓，门口有二十四小时值守的保安，进电梯要刷卡。

昏昏沉沉的李兆翰回到家就栽到了床上，没脱衣服，头蒙在枕头里，不一会儿就睡着了。

沈最逸这时候才有机会仔细打量他的家，十二楼的视线很好，卧室和客厅都朝南，阳台上养着两株很高的绿植，放着一台跑步机，客厅的柜子里放着理工男都喜欢的工具书和一些赛车模型。屋子整洁温馨，就连脱在门口的鞋都是规矩有序地摆放在那里。

可沈最逸呢？她的出租屋在五环外，三户合租，共用一间厕所；她的桌上放着一盆不会长大的水培绿萝；她的卧室小得跳操都会碰到旁边的衣柜；她一个女生，都没有男生的鞋多。

她从一开始就知道他们不是一个世界的人，短暂的相处让她忘记了那些差距的存在。

她做贼心虚地留意着屋里的摆设，想要找到一点女生的痕迹，但洗手间内没有一件女性用品，客厅展柜里没有一张合照，只有鞋柜架上有两双接近全新的女士拖鞋，应该是给客人穿的。

沈最逸虽然因为他们之间的差距而感到沮丧，但又在判定李兆翰是单身的时候感到一阵喜悦。她虽不信天上掉馅饼这种好事会发生在自己身上，但会在好运降临的时候暗示自己，既然总有人是有运气的，那么那个人为什么不会是自己。

***

离开李兆翰家的时候，天已经亮了。沈最逸从没见过这个时候的国贸，街上车不多，但也不缺人，二十四小时便利店仍有许多人光顾。

沈最逸以前总觉得自己没什么梦想，跟着人群浑浑噩噩走到今天，但今天她觉得她有了。她想光明正大地站在李兆翰身边，想陪着他、帮助他，想大大方方地和他谈恋爱；想有一天她上班的时候，是从此刻的国贸走出来，而不是东五环。

公司新人作家的项目进展得还不错，原来大的项目组分成两个工作室，运营不同的宣传、出版项目。沈最逸主动提出要去宣传组，对接线上、线下几个运营口。

午饭的时候，付欢找沈最逸："你想好了要去宣传那边？我可知道他们那边不清闲，直接对接甲方可是很麻烦的，下班没个准点儿，遇上难缠的客户还得三番五次当面聊。别怪我没提醒你啊，我觉得你这个性格留在出版这边挺好的。"

沈最逸知道付欢是一番好意："宣传那边的老大你也知道，明年可能要调到广告部，凭我的资历好好干，也许等他休息的那段时间能往上走走。我也不能一直就当个编辑吧，我岁数也不小了。"

付欢拍了一把沈最逸的肩膀，一脸不可置信的表情："行啊姐们儿，出息了啊，终于想通要搞事业了。我就和你说，还是装在自己口袋里的钱最靠谱，别的都靠不住。"

沈最逸拉住付欢的手，笑了笑："还望我欢姐以后多多指教，毕竟这俩工作室都归你管，求欢姐带我早日赚大钱。"

宣传部的工作又忙又琐碎，沈最逸刚来的时候不熟悉，每天都加班，跟着老大去见客户，回来发挥老本行，改新闻稿、宣传稿，忙得上气不接下气，回家倒头就睡。有时候赶上业务忙，头一天加班到十一二点，第二天一早再赴飞机去出差。

原先她觉得自己不擅长社交，即便是工作，也会习惯性躲在后面，不愿出头，很少说话。现在干营销，不得不说话，说话还要讲技巧，不得不提高效率、八面玲珑。别人都觉得这变化是因为工作改变造成的，只有沈最逸知道，是因为李兆翰。因为惦记着他，所以没办法忍受自己的平庸和不作为，没办法坦然地面对两个人之间的差距，没办法在每次他侃侃而谈的时候都是哑口无言的沉默。

于是沈最逸总想做点什么改变一下，试图缩短一点差距。就从眼下的工作开始，尽全力争取，咬着牙硬着头皮去做之前并不擅长可能也不渴望的事情。从小组长到主管，从固定工资到拿提成奖金，沈最逸一直在坚持往前走，初衷是什么不必多言，结果一定是好的。

手里钱多了之后，沈最逸首先做的是搬离东五环，上班太远了，每天坐公交坐得腰疼，晃晃悠悠要一个小时才能到公司，太浪费时间了。她在南边找了一间开间，上班打车二十分钟，

还会再见吗

地铁也是差不多的时间。她还在公寓楼下二十四小时健身房办了会员卡。尽管有时候忙起来半夜才到家，但第二天起来她还是会先去跑步，之后再去公司。

她不给李兆翰写稿了，一是因为工作比较忙，二是每次稿费打来的时候，看着他们之间赤裸裸的金钱往来，沈最逸心里很不是滋味。没了工作联系，沈最逸一下子少了很多和李兆翰聊天的契机，只在朋友圈看他的近况，有时候遇到什么问题，就微信聊几句。约过几次饭，但因为第二天要上班，也不敢多喝酒。李兆翰推荐她买了几只基金，她给李兆翰介绍了两个她带的小同事做兼职，轮流写稿。

健身练累的时候，她会和李兆翰说自己最近练得不好；工作疲惫的时候，她也会问他最近怎么样。两个人之间，李兆翰始终没有更进一步的打算，沈最逸也不主动。

付欢知道她喜欢李兆翰，偶尔催着她暗示一下李兆翰，沈最逸也不说什么。她总觉得还不到时候，自己对自己还不够满意，说了什么反而会搅和坏了。现在这样不远不近的关系挺好的，想说话的时候就聊聊天，想见面的时候就约着吃顿饭，累的时候也会拍拍肩膀，烦的时候也能打个语音。

宣传部老大李江山调到广告部的那天，也是沈最逸升任宣传部部长的日子，团队二十多号人聚餐喝酒庆祝。李江山喝了一点酒，举着酒杯来到沈最逸跟前，沈最逸见领导来了，赶快端酒杯站起来。李江山拍拍沈最逸肩膀让她坐下："最逸啊，你可真让我刮目相看啊，前几年在公司默默无闻不出头，原来是低调啊，来宣传部的这段时间，真是挑起大梁了。"沈最逸赶忙谦虚回应："山哥，不敢当，不敢当！我跟着您学了不少东西，好几次见客户说错话都是您帮我圆回来的，太谢谢山哥了。"

李江山和沈最逸碰了一下杯，喝了一口酒，接着说："我去广告那边，这边就交给你做了，有啥不会的来找哥，哥能帮的都帮。"

"谢谢山哥，我肯定好好干，不给您丢脸。"沈最逸陪了一杯。

李江山聊到兴起，岔到别的话题："最逸啊，你是不是也二十七八了，找对象没？"

"工作这么忙，也没时间谈。"

"工作是工作，生活是生活，你这么年轻有为，又漂亮能干，该谈男朋友了。"

"该谈是该谈了，但是也没那么好找。"

还会再见吗

"也是，你升部长之后，更是不少挣，一般男孩咱也不能找。哥帮你看着，有合适的就介绍给你。"

"好的好的，谢谢哥！"

"哎，我想起来了，我家你嫂子，她舅舅家的表弟在北京，小伙子北交大的研究生，毕业就去互联网大厂了，当程序员，人品好，工作也好。我回去和你嫂子说一声，找时间让你们见个面。"

"没事儿没事儿，不着急。"

沈最逸和李江山聊了一会儿，安顿了一下，就忙着去别的桌喝酒了。

这不是她第一次被人介绍对象。她这个年纪，不算小了，家里着急，托在北京的老家亲戚介绍了几回，都被她拒绝了，后来磨不开面子，去见了一面，对方再约她，就找个理由说没看上，直接推了。

也被身边同事安排过。刘莹结婚后，介绍她老公的同事给沈最逸，男孩儿在北京有房有车，模样、禀性都好。刘莹不想那么传统搞得像相亲一样，就把沈最逸叫到家里一起去玩儿，男孩儿也看上沈最逸了，约着再出来玩儿，但被沈最逸拒绝了。弄得刘莹挺不高兴的，打电话质问沈最逸："最逸啊，他可是我老公身边条件最好的单身男士了，我谁都没告诉，就想给你介绍。你看他条件这么好，也主动，你为啥就不愿意呢？"

沈最逸支支吾吾在电话里说不清楚："莹，我知道你是好心，是我的错，我对他没什么感觉。"

刘莹在电话那头恨铁不成钢："行，没感觉我也不能强迫你。这么多年，你就对那个姓李的有感觉对吗？那你有感觉你倒是追啊，你光惦记着不行动，他早晚被别的女的抢走。"

"也没有很多年，我这不是觉得不是时候，配不上人家，想再努力努力。"

"行了吧，沈最逸，还没多久，两年有了吧？女人就这几年好青春，你在这儿扮深情，李兆翰他知道吗？你都努力到这份儿上了，部长也当上了，钱也不少赚，闲下来不是在健身房就是在网球馆，运动员都没你努力。我一个过来人，你听我一句劝，男人爱女人，不会看她多优秀，爱的就是个感觉。你看老毛为什么爱我，我不就是一个小县城出来的吗，二本毕业，一个月挣八千，不照样找这么好的老公。你要真就喜欢他，你就赶快上，不行也能接触别人。这么心里总揣着一个人算啥事儿，哪有那么多时间浪费啊……"

"我知道呢，我想想吧，是不该再拖着了。"

刘莹又补了一句:"行了,你快别犹豫了,再说了,也就你觉得李兆翰好得不得了,现在留学生在北京一抓一大把,开公司的满大街都是。你配他,一点问题没有。"

这都是大半年前的事情了,后来别的朋友也攒过局,见沈最逸总是这样推托躲闪,慢慢也就不张罗了。沈最逸听了刘莹的话,没事就约李兆翰去健身,给他当辅助,聊工作,聊投资、聊爱好,唯独不聊感情。几次想问李兆翰要不要接触试试,话到了嘴边又咽了回去。她怕万一李兆翰对她没这个意思,是她在自作多情;她怕万一被拒绝,两个人尴尬得连朋友也没的做。就这么心猿意马地拖着。

似乎除了拖着,没有更好的办法了。

***

再一次约李兆翰健身的时候,李兆翰给沈最逸拍了一张腿打着石膏的照片。沈最逸吓坏了,连忙关心地问发生了什么,这才知道李兆翰打球时拉伤了韧带,没伤到骨头,只是最近行动不便,要在家静养。

"那你在家吃什么?你家人给你送饭吗?"

"点外卖,我爸妈去三亚俩月了。"

换上精心准备的一套休闲服，买了水果和酸奶，沈最逸没打招呼，就直奔李兆翰家去了。

在别人需要照顾的时候出现，她知道她有点乘人之危，但是她也没办法了。首先，她不能看着李兆翰一个人在家没人管；其次，她不想再这么拖着了，她想要一个突破。再次走进李兆翰住的小区时，沈最逸还是忍不住感慨：真好啊。

开门的时候，连李兆翰都惊了："你怎么来了？"

沈最逸一边拿拖鞋一边说："我人美心善，发挥一下人道主义关怀精神。"

李兆翰头发又长又乱，右腿打着石膏，穿着T恤、短裤，行动迟缓。客厅的地上扔着还没来得及处理的麦当劳纸袋，桌子上的烟灰缸里烟头都要溢出来了，餐桌上落了灰，地上的水渍也没有擦掉。

沈最逸放下东西就开始收拾，一边整理垃圾一边嫌弃李兆翰："你这么有钱，也不找个保洁来打扫一下卫生？你不难受吗？"

李兆翰挪动着并不利索的身体想要帮忙，却被沈最逸扶到沙发上坐着："我没那么精致，还在能忍的范围。"

沈最逸无奈地翻了一个白眼，继续打扫卫生。收拾完屋子紧接着开始做饭，鸡汤、牛肉，全是给李兆翰大补的。李兆翰躺在沙发上晒着太阳，一边摆弄着一个汽车模型，一边：“看不出来啊，沈部长，这么贤惠。”

沈最逸扔过来一个柚子，冲李兆翰大喊：“吃人嘴短，你把柚子剥了。”

正午的阳光洒在屋内，空气里是清新的洗衣液的味道，窗外飘进的风是和煦的，沈最逸在厨房做着饭，李兆翰在沙发上剥着柚子。如果画面被定格，那一定是一幅美满和谐的家庭日常照。这也是沈最逸最盼望的事情。

吃完饭之后，李兆翰拿出没拼完的乐高邀请沈最逸一起拼。两个人坐在沙发前的地毯上，摆弄着让人费劲的乐高，神情专注，心无旁骛。李兆翰一边拼一边絮叨："小时候每到周末，我爸妈一定会一起做一件事，要么是下象棋，要么是拼拼图，就安安静静坐在那里，陪着对方度过一段时间。我那时候就在想，我以后结了婚也要像我爸妈一样，和我媳妇在休息的时候培养共同爱好。"

沈最逸手里捏着还没安装的乐高零件，心都提到嗓子眼儿了，她没办法从容面对，连打哈哈都做不到。她在想李兆翰这是在表白还是在暗示，还是她想多了；她在想这时候是抓住机会乘胜追击，还是假装自然，囫囵着过去。各种各样的想法在脑子里碰撞跌宕，还没等沈最逸想好如何接话时，李兆翰又说话了："沈部长，你爱拼乐高吗？"

沈最逸抬起头，对上李兆翰的眼睛，吸引沈最逸的眉眼近在咫尺，她伸手就可以摸到，眼神轻松而坦然，如同一只渴求被爱的小猫，一朵等待被夸赞的玫瑰，让人垂怜爱惜。沈最逸听见心跳的频率一阵高过一阵，冷静了一秒回答："其实还好，但我愿意陪你。"

阳光倾泻而出，爱意在空中流转弥漫，少女之心昭然若揭，再也没有一丝隐瞒，赤裸裸地等待对方的回应或者拒绝。

李兆翰伸出手，揉了一下沈最逸的头发："最逸，谢谢你。"

他们刚认识的时候，他叫她沈编辑，后来她当了部长，他喊她沈部长，这是他第一次唤她的名字，轻快熟悉，明明没什么，还是被沈最逸听出了一丝爱意。她单纯地想着他们之间的变化，越来越熟悉，越来越信任，爱情会产生，习惯会养成。

午后的阳光暖意正足，晒得人昏昏沉沉直打瞌睡，拼了没一会儿，李兆翰就睁不开眼睛了，趴在桌子上打盹儿。沈最

还会再见吗

逸忙了一上午，也困了，拿了一个靠枕放在桌上，两个人头对着头睡午觉。明明有沙发，有宽敞的双人床，却选择了算不上舒适的睡姿，不是刻意想要这样，只是谁也不想站起来挪动脚步了。

窗户外面，鸟鸣声清脆悦耳，楼下小孩在追逐打闹，天空碧蓝无云，微风拂过李兆翰的脸庞。沈最逸人生中最幸福的时刻，就是此刻。

那之后，两个人关系越来越近，借着照顾李兆翰的名义，沈最逸去他家里做饭，他们一起看剧，一起打游戏。沈最逸累了，躺在沙发上打盹儿，李兆翰坐在旁边，轻轻地拿起一条毯子搭在沈最逸身上，嘴里小声念叨着："最逸，你名字真好听啊。"沈最逸在睡梦中恍惚，耳边萦绕的是爱的人的声音。

沈最逸表面波澜不惊，内心早就翻云覆雨。她觉得他们的关系十拿九稳，甚至在想再换房子要不要和李兆翰住得近一点。

沈最逸享受着他们之间心照不宣的默契，贪婪地从这份足够满足虚荣心的关系里汲取自信与能量，期待如同春分后的日出，每一天都多一点，直至李兆翰在她生活里无处不在。

***

临近七夕的时候，沈最逸挑选了三里屯的一家餐厅，想和李兆翰约会。她默认这一天他们会一同度过，如同之前的很多时刻一样。她想好了，在灯光昏暗、放着音乐的包间里，将酒杯里的红酒一饮而尽，然后趁着酒意问李兆翰"你要不要和我在一起"，这句话在她心里演练了许多遍。三年了，他们认识三年了，她在很多次两人目光交错的时刻，都确定李兆翰对她有意思，可以表白了，应该不会失败了。

发出邀请消息的时候，沈最逸紧张到不敢看手机，明明两个人吃过很多次饭，早已熟悉无比，可能是因为心怀鬼胎，她设想了很多被拒绝的画面。但好在李兆翰并没有让沈最逸失望，消息发出去的下一刻就秒回："好啊，我给你准备了礼物，吃饭的时候给你。"

沈最逸捧着手机在屋里旋转、跳跃，开心得溢于言表。

七夕那天，是个工作日，沈最逸提前安排好工作，穿了一条靛蓝色修身连衣裙和一双为了见客户才买的名牌高跟鞋，背了自己最贵的一个包，戴了一条镶钻的精致项链，站在穿衣镜

还会再见吗

前，反复比较着该喷哪一款香水。从头到脚，都是自己最高配的装扮了，只为在说出那句"你要不要和我在一起"时不露怯，或者在他拒绝的时候能大方地笑一笑。

那条去三里屯的路沈最逸走了很多年，唯独这一天她望穿秋水般，在车窗边数着路过的写字楼有七栋，公交站前站了十一个等车的乘客，左转的红灯有四十秒。她在脑海里一遍遍地预设要坐在哪个位置，黄色的灯光会显得她皮肤很好；点餐的时候不要点带茴蒿的东西，李兆翰闻都不能闻；葡萄酒只能喝一杯，再多她脸就会泛红；吃饭的时候可以拿头绳把头发扎起来，露出脖颈应该更有女人味。李兆翰进门的第一刻，她要拿出自己下午订好的一束香槟玫瑰，虽说送花是男生的事情，但她觉得李兆翰应该没收到过女生送的花，应该会记忆深刻。

她的第一句话已经排练了无数遍："李兆翰，七夕快乐。"

沈最逸提前订了包间，半开放的空间可以看见一层演奏的场地，还有别桌正在交谈的男女。沈最逸无心观察别人，只瞥了一眼周围的环境，就抠着指甲在等，其间眼睛不停瞟向放在桌子上的手机。她比约定的六点半早到了十五分钟，按照李兆翰一贯的出行习惯，他应该会在六点三十五到四十之间出现。

手机上显示六点半的时候,沈最逸紧张到双手冒冷汗,对着手机不停地练微笑。她想问问李兆翰走到哪儿了,但是又怕李兆翰在路上着急,于是还是什么都没问,接着等。

很快,时间到了六点四十五,服务员敲门进来问是否需要点菜,今天客人多,最好提前点。沈最逸看看手机,和服务员说:"不好意思啊,再等等,等人来了我喊你。"

七点的时候,沈最逸已经喝完了面前的这杯水,李兆翰还是没有任何消息,这一点儿都不符合他的习惯。沈最逸拿起手机发了微信:"帅哥走到哪儿了?"为了显得轻快一点,沈最逸在这句话之后紧跟了一个小猫害羞的表情。

李兆翰没回,过了十分钟,还是没回。沈最逸着急了,他是不是路上遇到什么事情了?是不是公司出什么问题了?难道临时有客户要见?但什么客户会约在这种时间啊?各种想法在脑海里不停乱跑,直至逼着沈最逸拨出了语音电话。

出人意料的是,李兆翰没接。

这种情况在他们相处的过去几年中从未出现过。虽然李兆翰没有秒回的习惯,但因为总要处理各种工作信息,所以看手机很频繁,即便是半夜发的消息,熬夜的他也总是会很快回复。沈最逸想不到什么事情会让李兆翰都来不及解释一声,甚至没法接个电话。她完全坐不住了，围着桌子站起来再坐下，一边想着可能会发生什么事情，一边焦急地打着电话，一个接一个。

第六个电话打出去的时候，李兆翰终于接起了电话："喂，沈编辑。"

沈最逸赶紧问他在哪里，发生了什么，为什么不接电话，语气稍显焦急。虽然还没恋爱，她已将自己代入了女朋友的角色。审问着不知原因掉线的男友，语气是严肃的，口吻是着急的。

电话那头很安静，只听李兆翰一字一顿地说道："我女朋友今天从美国回来，我去机场接她，刚才手机没信号没有接到，不是急事的话我明天到公司联系你。"

电话在十秒后干脆挂断，沈最逸在电话这头，心跳停了两拍。

自己是如何走出那间喧闹的餐厅的，沈最逸记不得了，脚下的步伐机械地重复着，过道里熙熙攘攘，等位的顾客看不出沈最逸仓皇失措的样子。她极力克制着不在大庭广众之下失态，但刚一出餐厅门，她就腿一软，跌坐在旁边的道牙上。

他怎么会有女朋友呢？他为什么从来没提过？被欺骗的感觉席卷着愤怒呼啸而来。如果他真的有女朋友，那自己算什么呢？过去的岁月与共度的时光算什么呢？

可笑的是，沈最逸连第三者都算不上，她甚至还没有机会表达自己对李兆翰的喜欢。愤怒之下，羞耻紧跟其后。到家已经十一点了，沈最逸倒在床上，蒙着被子号啕大哭。哭声回荡在空荡荡的房间里，像一只充气的大象挤压在有限的空间里，憋得人喘不过气。声音随着时间的推移逐渐微弱，直至夜深人静，外面悄无声息，沈最逸带着满脸的泪痕和没来得及卸的妆在床上睡着。

这几乎是她来北京后最狼狈的一天，那种感觉不是大庭广众之下的羞辱，而是每一步都踩在命门上的窒息。

***

沈最逸请了年假，第二天醒来订了最早的一趟高铁，从北京去杭州。从北京一路向南，天空昏昏沉沉的，地里绿油油的一片，远处灰白相间的房屋一闪而过。李兆翰没有联系她，甚至连条微信都没发。沈最逸不想问，只想赶快逃走。

到了杭州，下着小雨，沈最逸在酒店楼下的小餐馆吃了一碗米粉，撑着伞，在西湖边漫无目的地散步。

"真应景啊！"沈最逸不由得感慨。

还会再见吗

  风吹得岸边的树枝肆意摇摆，因为下雨，游客越来越少。沈最逸擦了擦湿了的椅子，坐下来，对着西湖发呆。她想起第一次见面时，李兆翰穿的那身黑色运动装；她想起他因为合伙人不干了，喝醉酒在路边难受得想哭；她想起有一回加班到半夜，自己拿着麦当劳去陪他，结果电梯锁了，找不到扶梯，他们在会议室的沙发上睡了一觉；她想起李兆翰见完客户去找她，下班的人群熙熙攘攘，她穿过人群跑向李兆翰的时候，身边人露出的羡慕眼神；她也想起李兆翰半夜给她发语音，高兴地和她说，搞定了一个技术难题，自己真的太牛了。

  三年的时间，沈最逸小心翼翼地守护着自己的心意，慢慢地和李兆翰培养着感情，一点一点鼓起勇气走向他。但结果，她只是个局外人。

  天还阴着，但沈最逸分明感到心头下着雨。

  回北京后，生活继续，沈最逸照常忙碌在开不完的会之间，下班后会去健身房跑步，好像什么都还没发生，但一切又都结束了。沈最逸所有的期望、梦想，在她知道李兆翰有女朋友的那晚，就都破灭了；即便再不情愿，她也要重新规划新的人生了。

  回来后，李兆翰给她打过电话，她没接，打得多了干脆拉黑了。她不知道该如何面对，见了面也不知道该说些什么。她其实很好奇那个女生长什么样子，叫什么名字，他们是怎么在一起的，李兆翰会选择什么样的女生当女朋友。但她不敢多想也不敢深究，这就像一个深不见底的黑洞，好奇心一旦驱使她往前探索，她势必会被摸不着的黑暗反噬。

最好的办法就是就此打住，不闻不问，将损失降到最低。

本以为可以就此打住，结果李兆翰有天中午找到沈最逸的公司，站在大门外，等着中午要出去吃饭的沈最逸。沈最逸看见他，知道没法绕道离开，只能硬着头皮拽着他下楼。

还未张口，沈最逸看着这张许久未见略显生疏的脸，竟然生出了一丝委屈，眼泪在眼底挣扎着，自尊让她保持理智，可内心却左右她想听他解释。

找了公司附近的一家餐厅，阳光洒在桌面上，将两个人的位置一分为二。沈最逸坐在对面，一言不发。李兆翰看着上完的菜对沈最逸说："你吃点吧，下午还要上班呢。"沈最逸无动于衷，只喝了一口果汁，抱着胸盯着李兆翰。

李兆翰看沈最逸是这种姿态，也不寒暄绕弯子了，开始解释："那天下午我本来都准备好了，还给你买了礼物，但下午接到了她的电话，说她在机场，让我去接她。我没办法推托，就

还会再见吗

想着把她接回来，再去和你吃饭，时间应该也来得及。去了机场，看到她大大小小行李箱拿了好几个，才知道她不是短暂回来几天，而是彻底回来了。送她回她家，本来以为放下东西就能走，结果她爸妈非要留下我吃饭，事情发生得太突然了。"

沈最逸左手抠着右手指甲缝儿里的倒刺，又疼又想继续，说："有女朋友，还惦记着我的事情，难为你了。"

李兆翰继续解释："我俩已经分手了。"

沈最逸听见这句终于肯好好说话了："都分手了，还去接人家，还去人家家里吃饭？你是对每个女生都这么体贴细致吗？"

李兆翰握着手里的咖啡，眉头紧皱，想解释又不知道如何说起，最后干脆和盘托出。

"我俩是在美国读书的时候认识的，都是北京人，又在一个学校读书，很快就熟了。大二的时候谈了恋爱。毕业后我想回国创业，她读了研究生，说等毕业再回来。那几年我们一直是异国恋，见面的时间越来越少，我也越来越忙，感情慢慢就淡了，有时候好几天都不联系。我一直想着等她毕业回来就好了，结果她毕业的时候和我说不回来了。本来以为就这么结束了，但她辞了那边的工作，回来找我复合。"李兆翰拿着手里的杯子，感觉要把杯子捏碎了。

沈最逸坐在那里，一动不动。面前的薯条已经变凉变软，牛排放在盘子里，和刚端上来时一样。

沈最逸想过李兆翰这种条件的男生怎么会没有女朋友，后来在种种迹象下打消了疑惑，却万万想不到他有个谈了多年的女友。沈最逸拿什么和她比呢，明明就是一场满盘皆输的局。

她和李兆翰这萍水相逢般的交情怎么抵得过他们过往那么多年用时间淬炼的感情？

爱情这回事，向来没有公平可言，谁先遇到了，谁先抓住了，就是谁的。地球上几十亿人，哪有什么一对一的般配，不过是随机事件，祈祷没用，等待没用，争抢也没用。该是你的肯定跑不了，不是你的怎么也留不住。

她终于拿起叉子，叉了一块切好的牛排，放在嘴里细嚼慢咽，牛排已经凉了，但不重要了。咽下牛排，沈最逸说话了："和你女朋友和好吧，这么多年的感情不容易。"

李兆翰赶忙解释："这不是我今天找你要说的。"

沈最逸没给他再说下去的机会："可这是我要和你说的。我差点成了别人感情里的第三者。一个女生最美好的时光都给你了，你不该辜负她。"

李兆翰说："最逸，对不起，我不是故意想伤害你的。"

还会再见吗

沈最逸回答:"二选一的时候别选我。"

沈最逸站起来,拿起外套就要出门,李兆翰站起来想拦,但犹豫了。沈最逸一气呵成,穿上外套,走到门口,拉开大门扬长而去。她想回头看看李兆翰是不是追出来了,也想知道他是不是站在原地望着她离开的背影,但她没有那么做,头也不回地迅速走回了公司。

沈最逸想过李兆翰可能会再给她发微信,但他没有;她也想过,也许哪一天,他还会像那天那样出现在她公司楼下,想找她解释。她甚至预设,如果李兆翰真的和女朋友分手了,如果李兆翰多来找她几次,她会不会就此原谅他。逼着自己放下的日子太痛苦了,沈最逸需要最见效的救赎,而李兆翰可能就是她的解药。但失望的落空不会就此打住,就像她那天晚上没有等到准时出现的李兆翰一样,她没有等到李兆翰再出现。他们就像两条相交的直线,在某个节点相遇,短暂地产生交集,又势必在各自的路上渐行渐远。

在后来很长一段时间里,沈最逸没有一点李兆翰的消息,他的公司怎么样了,他和女朋友怎么样了,沈最逸一概不知。沈最逸害怕自己沉浸在痛苦里,不停地拿各种事情填满自己的生活。抢着出差,忙项目,能不在北京就不在,即便在北京,

128

下了班就去健身房，还在上英语网课。因为她和李兆翰的关系始终没有捅破那层窗户纸，所以也不好随便提起，她只和付欢、刘莹说了这件事情。付欢听了不说别的，拿着微信给沈最逸看："你挑，我微信里的优质男可不少，看上哪个我去给你撮合。"

沈最逸摆摆手："放过我吧，太累了，爱情不适合我。"

又过了许久，沈最逸看到李兆翰公司里的一个员工发了朋友圈，他们公司团建，曾经几个人的小团队现在有三十多人了，李兆翰站在中间，还是一如既往的帅气。沈最逸盯着屏幕看了很久，突然鼻子一酸，眼泪顺脸而下。这是她日思夜想了许久的人，看到他完成了自己的梦想，沈最逸还是替他高兴。

他们很久没见了，那么多她想知道的事情都无从得知，现在看到他好好的，突然觉得也可以了。

沈最逸赚了很多钱，学了很多技能，她知道都是拜李兆翰所赐。

他带她去西餐厅，告诉她如何品鉴一款红酒；他跟她分享员工管理的心得，告诉她如何管理下属；他帮她换过洗脸池的管道，告诉她租房子的时候如何避雷；他帮她描绘构建了理想生活的轮廓，这中间该填什么颜色，就是沈最逸自己的事情了。

还会再见吗

　　她其实不怨他，因为根本无从怨起。她总是会想起那些美好的时刻，李兆翰站在落地窗前跟她说他自己的规划，他们勾肩搭背走在凌晨的街道上，他们在健身房沈最逸给李兆翰做辅助，以及每次一起吃饭，沈最逸总是把李兆翰不吃的那些东西挑到自己碗里。她记得他的眼神和声音，记得他关切的问候和炽热的目光。她很想当面问问李兆翰，到底对她有没有过一丝喜欢，因为道德的约束，她始终不敢对一个有女朋友的人问出这样的话，但是她觉得她心里有答案了。

　　那样的感情可能会被人诟病，就连当事人自己也觉得不齿，所以沈最逸尽可能按照世俗标准之下的规则处理着爱情的残余，好让自己看上去像其他道德感很强的人一样。

＊＊＊

　　公司要在上海设立分公司，为了满足那边业务增长的需求，在公司内部先问有没有员工想去上海分公司，待遇从优，初期团队搭建，绝对是以后的骨干。这项福利并不针对每个员工，只对一部分管理层开放。沈最逸想了很久，决定去上海。她的工作能力和经验都能让她在上海分公司再往上爬一层，再加上她想离家近点儿，好照顾上了年纪的爸妈，想来想去决定离开。

走之前收拾、交接文件，在电脑邮箱里发现了在两人最后一次见面三个月后李兆翰发给她的一封邮件，因为每天消息太多，沈最逸当时没看到，直到大半午后的现在。

最逸：

公司最近运转不错，之前成功的那个项目我交给老曲去完成了。我想再看看教育平台搭建这块的机会，最近忙着见各种人，忙得团团转。

那天路过咱们第一次见面约的那家轻食店，突然想到我们认识很久了，也很久没见了。想给你发微信但担心你不会回复，于是给你写了这封邮件。

我时常会去咱俩去过的那家日料店约见客户，还是吃不惯烧鸟，但他家的酒一如既往的好喝。你送我的那盆发财树长得很好，我让我们行政同事每天都要看看它。前阵子因为忙，大病了一场，住了一个礼拜医院，有一天发高烧烧糊涂了，不知道是梦还是真实，看到我们去过的那家露天餐厅开满了花，你推开门，走了过来。后来我好了就真的去了一趟，却发现那家店关门了，现在是一家酒吧。

还会再见吗

  谢谢你陪我度过这段时间，你的存在确实给了我很大的支撑和鼓励。我时常想找你，但又不知道如何开口，耽误着就到了现在。

  我和陈如还是没和好，不是你的原因，是我们的缘分走到头了，即便再在一起，也回不到之前了。她回了美国，以后应该也不会回来了。

  你最近还好吗？工作还顺利吗？我们能再见吗？

李兆翰

  沈最逸一字一句地看着这封邮件，读了一遍又一遍。如果当初她第一时间看到这封邮件，他们之间会不会不是以这样的方式收场；如果这几个月她的想念能突破自我的约束，他们的结局会不会不一样。

  沈最逸想回一封邮件和他讲讲自己的近况，告诉他自己要去上海发展的决定，后来想想其实发条微信就可以说得清楚，想了很久要怎么开口都不知道怎么说，最后干脆什么都没说。

  她和他之间不是能随便寒暄的关系，起码现在不是，哪怕他们之间没有什么实质性的事情发生，沈最逸都觉得不能轻飘飘地说一句"你好，再见"。

于是什么都没说，只和几个朋友告别，就去了上海。

沈最逸不太熟悉上海，周末总会出门逛逛。上海街道上大片的梧桐树映照着时光缩影，阁楼上站着的红裙姑娘不知道在等待谁的消息。

那天在武康路等红灯，一个一身黑的男生接着电话，讲着英文从身边走过。沈最逸抬起头，对上他的目光，迟疑了很久。她想起了李兆翰，不知道他现在过得怎么样，嘴角往上扬了一下，忍不住感慨：上海男孩也挺帅的，不过和李兆翰比还是差点意思。

她不怨李兆翰了，但是也不爱了。她想起他们去喝酒的那晚，李兆翰问她有什么愿望，她说想要过得更好一点。虽然过程不尽如人意，但说到底还是实现了。

李兆翰没亏欠她什么。因为李兆翰，她爱上了健身和打球；因为李兆翰，她开始努力工作，赚了一些钱；因为李兆翰，她曾沉醉在爱情发生的美好里，尽管"在一起"不是最后的结局，但是这场相遇有着独特的意义。

有些人的出现虽然给了你一场空欢喜，却让你在往后的时光里，每当想起一同走过的日子，都觉得"遇见你真好，好到我一想起就想笑"。

旧时的知己

难有归期

Chapter 4

我 终 于
失 去 了 你

I LOST YOU

还会再见吗

❶

青春里似乎总要拿一些失去和分别，

让你获得成长，

学会珍惜。

❷

很多事情都变了，

很多故事都留在了过去。

岁月赠予了一场别离，

这中间的深意要多少年才能看清。

如今回头望，只剩无声的叹息。

八月末，各大高校纷纷开学。新生报到，开学典礼，连着军训，一个多月的时间，都围绕大一新生展开。

徐山师范大学的校门处拉着欢迎新同学的红色横幅，一进校门的空地上，各个学院的迎新帐篷一字排开。报到的新生拖着行李找到各自学院的登记处，签到登记，领校园卡，再去图书馆门口领被褥，找宿舍，去食堂给饭卡充值……在偌大的校园里忙得手忙脚乱。

沿着大路一直往里走，会路过教育学家陶行知的雕塑和人工湖，湖两边是一排排梧桐树，树下每隔一段就有一张白色靠椅，坐着三三两两的同学，聊着天，看湖里天鹅和鸳鸯游过。

绕过人工湖，就到图书馆了，人字形的建筑向路两边延伸，留下中间大片空地，支着一个挨一个的防晒帐篷，摆满了学生

还会再见吗

用的被褥、脸盆和暖壶。

全校所有新生不分学院和专业，都在这里排队领东西，尽管有人在维持秩序，但还是有人拥挤、插队，人挤着人，进度颇为缓慢。

庄思敏看着蜗牛般移动的队伍，百无聊赖。环顾四周排队的人群，大家都一样，要么低头刷手机，跟随着队伍挪动着步伐，要么就近和前后的人聊着天，从哪儿来的，哪个学院的，什么专业，住在几号楼……刚上大学的人总有聊不完的新鲜话题。

庄思敏一回头，就看见了比她矮半个头的尤然，也同她一样，在人群里四处张望。

尤然扎着一根马尾，露出光洁的脑门，鼻梁高挺，右眼眼角有两颗并列的黑痣，穿着一身三叶草的运动装和一双板鞋，充满朝气。

庄思敏装作若无其事地打量了尤然几眼，目光扫到了她的手机壳，是宫崎骏的动画电影《崖上的波妞》中的波妞。庄思敏忍不住上前搭话："你也喜欢宫崎骏啊？我也很喜欢。"

听见有人说话，尤然抬起头，看见了庄思敏。一米六五左右的身高，方圆脸形，眼睛内双，皮肤干净但下巴上还有没消散的痘印，利落的短发披在耳后，穿着白T恤和牛仔裤。

尤然点点头回应庄思敏："对，我还很喜欢《风之谷》和《哈尔的移动城堡》。"

听到尤然的回答，庄思敏彻底打开了话匣子，从宫崎骏的作品聊到高考分数、为何报这所学校，又从老家是哪儿的聊到她们的学院。

巧的是，庄思敏和尤然老家都是湖南的，一个在株洲，一个在湘潭，说话口音相似，生活习惯也差不多；更巧的是，她们都是外语学院的，庄思敏学英语，尤然学法语。

自从发现她们是同一个学院的后，两个人聊得更起劲了。庄思敏热情地把尤然拉进了外语学院湖南老乡群，介绍了本院学生会的一些情况，以及同为老乡的学生会主席。

漫长的排队时间因为有了可以聊天的伙伴，变得不再枯燥、无聊。她们一前一后领完被褥，便一同向宿舍楼走去。

庄思敏背着大包小包，尤然主动拿过庄思敏的暖壶和脸盆，一起抱着往宿舍楼走。

来到宿舍门前，二人才发现，不同专业的她们竟然被分到了同一个宿舍。后来才知道，尤然的学号是她班上的最后一位，庄思敏则是她班上的第一个。

两个人在偌大的校园中偶然相遇，同一座城市、同一所学校、同一个学院，又是同一间宿舍的上下铺，连学号都挨着。刚刚十八岁的她们不得不感慨一句，真是缘分啊！

新生刚迈入大学，还不熟悉周围环境和大学生活的时候，都免不了有点拘谨和孤独。因为特别的缘分，尤然和庄思敏就显得自如许多。

两个人自然而然地结伴出行，一起去食堂吃饭，一起去澡堂洗澡。

连一个宿舍的其他舍友都忍不住好奇，她们是不是之前就认识，关系也太好了吧。

庄思敏一把搂住尤然的肩膀，嘻嘻哈哈地回答："我俩的缘分可深着呢。"

***

军训被安排在暑热还未散去的九月，阳光透过稀疏的树叶泼洒在一张张年轻稚嫩的面庞上。

空气里没有一丝凉意，汗水湿透了衣衫，黏糊糊地贴在皮肤上，让人透不过气来。九乘九的队伍里，不时传来轻微的叹气声。尤然身体一向不好，早上又没来得及吃早点，站得久了，开始摇摇晃晃，本想硬撑到中场休息，但突然眼前一黑，朝着前面就倒了下去。

尤然一摔倒，周围人就迅速炸开了锅，有喊教官的，有蹲下来查看她情况的，有说自己也难受的，声音此起彼伏。

站在三排后的庄思敏看到有人摔倒，并不知道是尤然，等她知道后，尤然已经被男生背了起来，送去了医务室。庄思敏跟教官说还是女生照顾方便，便赶紧跟了过去。

学校医务室里，尤然输着液，脸色煞白。庄思敏拿着刚从食堂买回来的绿豆汤递给尤然："你今天别吃别的了，就喝这个吧。我怕你现在这个情况，吃了不舒服再吐，吐了我还得给你收拾。"

尤然虽然没力气，但还是抬起眼皮白了庄思敏一眼："你跟过来应该不是为了照顾我吧，我看你就是想偷懒。"

庄思敏坐在凳子上，跷着二郎腿，吃着零食玩着手机，嬉皮笑脸地说："你别这么说，你摔倒的时候，我都慌死了。我的第一个大学好友，你要是挂了，我可就没朋友了。"

还会再见吗

每晚军训结束后,两个人都一起去澡堂洗澡。一大排水龙头挨着,没有隔间。尤然从没经历过赤身裸体和这么多人在同一空间一起洗澡,实在是不好意思。庄思敏不以为意,拎着洗澡篮子跟在尤然身后,还不忘调侃尤然:"尤然,你知道你右侧屁股上有颗很大的黑痣吗?好特别啊!"

尤然扭过头来恶狠狠地瞪了庄思敏一眼,还不忘反击:"有人说你像'太平公主'吗?"

两个人你一句我一句地拌嘴,也使尤然放开了很多。初入大学的紧张与不安因为有人陪伴,消退了很多。

人和人的缘分有时候就是这么奇妙,恰好这个人在这个时间出现,恰好这个人在你需要的时候给了你回应,恰好你也回应了对方的热情,从此你们一拍即合,称兄道弟。

你说需要多少灵魂的共鸣和精神的共振吗?不需要。

你说需要什么同仇敌忾的时刻和多少共同渡过的难关吗?也不需要。

友情有时候更像是上天的安排,安排这个人出现在你的生活里,在恰当的时机,分担你的喜怒哀乐,拉着你的手,搂着你的肩，和你说，以后一起走。

*＊＊

除了上不同的专业课，其余时间她们几乎形影不离。有庄思敏的地方，五米之内一定有尤然。

庄思敏爱热闹，性格大大咧咧好相处，再加上有老乡、学长学姐的帮助，报名班干部，竞选学生会，参加文学社和学校播音队，忙得脚不沾地，不亦乐乎。

尤然对这些其实并不太感兴趣，但为了和庄思敏一起，即便没那么愿意参加活动，还是在庄思敏的撺掇下，报名参加了学生会。

尤然和黄家昊就是在学生会认识的。大二的黄家昊是外语学院文体部的部长，负责学院各项比赛活动，新加入的尤然自然成为他的新部员。为了准备学院的迎新晚会，尤然每天下课后就马不停蹄地去礼堂彩排，连晚饭都是找人带饭在礼堂的桌子上解决的。

看尤然这么忙，庄思敏也去送过几次饭，有时候自己部门的事情忙完了，就去礼堂等尤然。庄思敏坐在礼堂后面的座位上，打着游戏，时不时抬头看看他们的排练情况。

尤然担心庄思敏等自己会影响休息，便让她结束之后就回宿舍洗漱休息。庄思敏不愿意，觉得回去也没什么事情可做，宁愿等尤然。

这就是女生之间的友情，就是不论做什么我都会陪着你。

陪了尤然几次，庄思敏就发现不对了，对待学弟学妹一向严厉的黄家昊对尤然总是格外温柔有耐心。

尤然弄错了班级节目排练顺序，急得面露难色，黄家昊在旁边一边安抚尤然情绪，一边帮着处理；尤然不敢和高一级的学长学姐沟通，黄家昊就陪着一起，帮尤然做铺垫；就连排练结束大伙儿散场时，也能明显感觉到黄家昊有意跟随尤然的进度，不论尤然动作快慢，两个人都能凑到一起走出礼堂，然后一起走回宿舍。

从学院礼堂走回宿舍楼的那一段路，要经过两个花园和一个食堂，二十分钟的路程黄家昊总有话聊，要么是给她俩推荐学校附近好吃的餐厅，要么是告诉她俩哪个老师的课绝对不能逃。

走到宿舍楼下还不忘寒暄几句，再意犹未尽地离开。

黄家昊刚一转身离开，庄思敏就一把拉住尤然的胳膊，神秘地笑了笑，然后摆了摆头说："打赌吗？他要追你。"

尤然拍了一下庄思敏的胳膊："想什么呢？人家对学弟学妹都很好，他对我们部门其他部员也很好，我那天还看到他和我们另一个女部员一起吃饭呢。"

庄思敏哼了一声："拉倒吧，他绝对对你有意思，他对你绝对不是对学弟学妹的那种。咱们刚回来的路上，你踩了一块小石头，都没咋样，他问了你三遍没事儿吧，我都憋不住要笑了。"

庄思敏走在前面，尤然跟在后面，她们像所有大学生一样，聊着不喜欢的老师，聊着同学之间的八卦，一起拿着脸盆去盥洗室洗漱，再一起回来，躺在床上刷手机。

庄思敏睡在下铺，尤然在上铺，因为懒得爬上去，尤然经常待在庄思敏床上。有时候宿舍六个人一起看恐怖电影，看完尤然不敢一个人睡，赖在庄思敏床上，两个人就一起睡。狭窄的九十厘米宽的宿舍床，两个人躺好，翻身都困难，尤然小动作还很多，要么想要抓庄思敏的痒痒肉，要么来回动，过一会儿开始小声聊天，总是很晚才睡着。

庄思敏很怀念那段只有她们两个人的日子，这段友情保持

还会再见吗

着稳定的平衡。她们对彼此的生活了如指掌，独享着对方给予的情绪价值，没有任何人介入，也不会分走只属于对方的关注和感情。

那段日子她们都很快乐，以至于不知道往后的生活会有什么样的意外与波折在冲她们招手。

***

大一下学期开学，学生会文体部聚会，场地定在校东门外张姐家常菜馆。尤然本来不想去，但发现没有一个人请假，她不想给人留下不好相处、事儿多的印象，硬着头皮去了。

去了就后悔了，二十多个人围着大圆桌，论资排辈，寒暄着一些没营养的话题。以大三的学长为首的几个人，没吃几口就开始互相敬酒、灌酒，大一、大二的学弟学妹们不好拒绝，纷纷跟着应和。本是一场学生聚会，硬是搞成了社会风气很重的社交场合。尤然不习惯也不喜欢，找了个角落，尽可能想让大家忽略自己的存在，混过去。

她跑了两次厕所，假装接了三次电话，依然没等到结束。等她再次回到餐桌前，正好被大三的学长抓个正着，说她一晚上进进出出也没和大家好好聊天，必须得喝一杯。

尤然怔在那儿，不想喝但也不知道怎么回应。她不是不会喝酒，只是不喜欢这种感觉，跟一些并不亲近的人说一些冠冕堂皇的话，为了大二、大三能顺利竞选，要左右逢源，带着笑脸讨好。本来当初进学生会也是为了和庄思敏一块儿，没想到两人没分在一个部门。她打算这学期结束后，便退出学生会。

正当她要以自己不喜欢喝酒为由拒绝时，黄家昊拿起酒杯站了起来，带头跟所有人说："大家听我说，所有人都拿起杯子，不管是饮料还是酒，我们一起敬学长一杯。大家的进步离不开学长的帮助，文体部的成绩学长的功劳最大。"

注意力被转移，本是针对尤然，一瞬间被化解了。学长满脸笑意地迎合着别人的夸奖，尤然端着橙汁翻了一个白眼。

黄家昊没少喝，拉着手、拍着肩膀和很多人相谈甚欢，后来满脸通红，一屁股坐到尤然边上，吃了一颗桌上放着的圣女果。尤然想感谢他刚刚的救场，还没开口，黄家昊先说话了："不想喝就不喝，他那个人就那样儿，你别搭理他。大家都是来上学的，又不是来陪酒的，只要有我在，你都不用喝。"然后抓了一片西瓜放在嘴里，站起来又和别人天南海北聊去了。

留尤然坐在那里，一脸平静，但内心泛起了层层涟漪。

那天的聚会结束后，尤然主动提出送黄家昊回宿舍。大家

还会再见吗

都喝了不少酒，带着几分醉意，清醒的不多。黄家昊聊起第一次见面，尤然穿着一条黑色裙子，头发绾起来。走进教室的时候，黄家昊就对她印象很深。还说有一次彩排的时候，尤然喝水烫了嘴，黄家昊赶忙跑出去买冰激凌，等他赶回来的时候，尤然已经不在了，他自己吃完了四个冰激凌。尤然自己都没什么印象的事，黄家昊却熟记于心。

现在尤然有点相信当初庄思敏说的话了，黄家昊应该对她有意思。

等她回到宿舍，已经十一点了，舍友们都睡了。庄思敏一直开着床头的小灯等尤然回来，听到走廊有动静，她便蹑手蹑脚地拿起洗漱的东西走出宿舍。

刚出宿舍门就看到尤然，赶忙拉着她进了盥洗室："怎么这么晚，还一身酒气。早知道这么晚，我就去接你了，找个理由把你带回来。"

"本来没这么晚，我把黄家昊送回他宿舍，又在楼下聊了几句，就回来晚了。"

"哦？黄家昊，我记得他，那个很关心你的学长。"

"对，我现在觉得你当初说得对，他好像确实有点喜欢我。

他今天帮我挡酒了，回来的路上还说了很多我不知道的事。"

庄思敏本来等尤然已经有些困了，听尤然这么说，顿时来了精神："我就说吧，他肯定对你有意思，快讲讲你们今晚发生了什么！"

尤然把今天发生的事情跟庄思敏讲了一遍，庄思敏越听越激动，追问尤然："你对他啥想法啊？喜欢吗？"

"我没啥想法，算不上喜欢，但也不讨厌。"

"懂了，接下来让我好好帮你把把关，我可是你的娘家人。我要是觉得他对你不好，那可不行。"

＊＊＊

可能是那晚趁着酒意吐露了心声，黄家昊对尤然更主动了。他约尤然一起去看篮球赛，约她去唱歌、逛公园，就连下课后的午饭空当，黄家昊也会穿过吃饭的人群，端着盘子坐在尤然旁边。

可令黄家昊没想到的是，每次他约尤然，尤然都会叫上庄思敏。

他们一起去看篮球赛，尤然会叫庄思敏一起，两个人拉着手走在一起，黄家昊走在旁边；他们去唱歌的时候，尤然也会让庄思敏陪着，一起唱《一个像夏天一个像秋天》，黄家昊拿着手机坐在旁边录视频；黄家昊叫尤然去吃校门口新开的鸡公煲，尤然也会叫上庄思敏，点菜的时候还会点庄思敏爱吃的青笋和鲜蘑。

尤然一开始就和黄家昊解释过，说她俩关系很好，想叫着一起，黄家昊答应了。后来发现有庄思敏在的时候，尤然更放松一些，于是之后出来玩都会提议叫上庄思敏一起。

三个人在一起久了，庄思敏和黄家昊混得也熟了，每天嘻嘻哈哈，玩得很开心。

黄家昊和尤然表白是在五月二十日，好多情侣都愿意选这个日期来表达心意。黄家昊联合庄思敏在他们常去的那家西餐厅订了一间包间，摆上香槟和礼物，准备表白。

庄思敏随便找了一个理由就把尤然骗来了，推开门看见黄家昊手捧着花，尤然惊喜得不知说什么好，激动得竟有些眼眶微红。结果很顺利，一个拥抱就脱单了。而庄思敏站在旁边，一边拿着手机录视频，一边傻笑。

尤然和黄家昊恋爱后，他们三个还是老样子，一起吃饭一起玩。不同的是尤然原来拉着庄思敏的手，现在换成拉黄家昊的；原来吃饭的时候总往庄思敏碗里夹菜，现在是先给黄家昊夹，再给庄思敏夹。

尤然刚恋爱的时候发过一条朋友圈，是他们三个人逛公园时拍的一张合照，配了一句文案：最好的朋友就在身边，最爱的人就在眼前。

就这样转眼上了大二，尤然按捺不住，想给庄思敏介绍男朋友，这样三个人就能变成四个人了，便撺掇着黄家昊留意身边的单身男生。

庄思敏性格开朗，经常和男生玩着玩着就成了兄弟。大一刚来学校那阵子还对法语班的班长感兴趣，可没接触几次，那个男生就把庄思敏当成兄弟，还托她帮忙给喜欢的女生送礼物。再往后，庄思敏和尤然混在一起，也就没了想恋爱的冲动。

黄家昊留意了很久，终于拉来了打篮球时认识的一个男生，名叫侯瑞，大二计算机专业的，一米八三的大高个，徐山本地人。

第一次四个人约着一起玩，去了游乐场。玩各种项目的时候，尤然和黄家昊就刻意给庄思敏和侯瑞创造在一块儿的机会。

侯瑞也表现得很好，给庄思敏买了气球和棉花糖，帮庄思敏背包、拿水，看见庄思敏走累了，就赶快找地方坐下，一整天都围着庄思敏转，既机灵又幽默，尤然觉得很不错。

等晚上回到学校，尤然就迫不及待地问庄思敏的想法。庄思敏累了一天，衣服都没来得及脱就倒在床上。尤然坐在床边穷追不舍，庄思敏双手抱头放在脑后，仔细回忆着这一天侯瑞的表现，人高高大大的，也幽默好笑，还很有分寸感，但总感觉哪里差点意思。究竟是哪里呢？想来想去，庄思敏扔给尤然一句"没感觉"。

一句没感觉让尤然没了脾气，没感觉能怎么办呢，只能重新找。

后来黄家昊又给庄思敏介绍了好几个男生，有同一个宿舍的好兄弟，有学生会的同级朋友，还有他认识的其他男孩，但最后都没成，要么是庄思敏没感觉，要么就是没看上。到最后，庄思敏自己觉得累了，尤然也不张罗了，只能继续三人行。

三角形本是最稳固的结构，但三人行却最容易翻车，常陷于矛盾、争吵、猜忌、嫉妒中，种种情绪拉扯着、消耗着，直至最后信任殆尽，拧巴占据上风。

三个人在一起时间长了，黄家昊和庄思敏自然也很熟。

黄家昊找不到尤然的时候，会直接给庄思敏发微信；给尤然准备礼物时，也会先去庄思敏那儿探探口风；就连吵架了，也得找庄思敏当说客求原谅。

一开始本来也没什么，但慢慢地，庄思敏发现不对劲了。尤然开始有意不叫她了，不论吃饭还是出去玩，有时候会拿有别的事当理由，有时候会说忘了之类的话，总是和黄家昊两个人先走了，没叫她。

一次两次还好，次数多了，庄思敏再笨也反应过来了。尤然想要更多情侣之间的单独相处空间。庄思敏虽然觉得尤然应该有话直说，而不是用这样的方式，但还是理解尤然，也就不常跟着他俩了，会找些借口推掉。她开始意识到，即便是再亲密的朋友，也不会时时刻刻绑在一起，也逐渐理解，友情是要为爱情让步的。

在很多个尤然没回宿舍和黄家昊出去的时候，庄思敏的心情都很复杂，躺在床上刷手机也不上心，心里百感交集。

不知道是被朋友抛下的落单感，还是羡慕朋友有男朋友陪伴，又或者有一种失去朋友的落寞，各种情绪交织在一起，很不是滋味。

但庄思敏什么都没问，也什么都没说，接受了现如今的变化。

微妙的气氛弥漫在当事人之间，掺杂着些许尴尬，但大家都心照不宣地什么都没说，维持着表面的平静。

只有黄家昊一无所知，他感觉不到女生之间千丝万缕的情绪拉扯和关系变化，他还当原来一样，他们三个人整天混在一起，跟庄思敏聊着不好笑的笑话，一起拿路边的小虫子吓唬尤然。他把庄思敏当同盟战友，当兄弟，当好朋友，正如尤然对待庄思敏一样。但他不知道的是，尤然心里的变化。他也没想到他的真诚相待，会招致怎样的冲突。

黄家昊还像原来一样，在尤然不回消息的时候找庄思敏，有时候遇到什么和庄思敏有关的事情也会直接找庄思敏。他没察觉到尤然的不高兴，也没注意到男朋友应该有的边界感。

＊＊＊

两个人发生冲突是因为黄家昊找庄思敏做兼职。黄家昊的亲戚托他找英语家教辅导自己家孩子，黄家昊第一时间就想到了庄思敏。庄思敏也愿意，两个人因为这件事没少聊天，聊上课费用，聊如何讲课小孩才能听得懂，庄思敏还说等拿到工资要请他们吃饭。

尤然好几次无意间瞥见黄家昊的手机，都显示着和庄思敏的聊天对话框。明明最近自己和庄思敏聊天都不多，看到他俩聊得热火朝天的，尤然就气不打一处来。

回到宿舍，看见庄思敏正躺在床上发微信，脸上带着笑意，不知道和谁聊，也不知道在聊些什么，尤然忽然不知从哪里冒出来一股火气，一把夺过庄思敏的手机，看见手机界面正是与黄家昊的聊天对话框，直接把手机摔在了地上。

庄思敏先是愣了一下，然后也生气了："尤然你疯了吧，我招你惹你了？"

"哼，你还好意思说，你自己看看你每天都在和谁聊天？你俩话怎么这么多呢？"

"黄家昊给我介绍了一个家教兼职，我有什么不清楚的事情肯定要问他啊。"

"你们现在也在聊这个事情吗？给你介绍那么多男生，你没一个看得上的，都说没有话聊，话都跟黄家昊聊了吧！"

"尤然你能好好说话吗？我和黄家昊什么情况，你不清楚吗？"

还会再见吗

"我不清楚！你们现在不都单独聊天嘛，我能知道什么！"

两个人在宿舍吵得不可开交，谁都有自己的理由，谁都觉得自己委屈，谁都不愿意退让，到最后尤然声音哽咽，庄思敏也尽显疲态。尤然一声不吭地收拾着自己的东西，拎起行李箱就走了。

宿舍门哐当一声关上的时候，庄思敏绷不住了，委屈、气愤、失望，种种情绪交织在一起，她把自己蒙在被子里，号啕大哭。

庄思敏不懂，曾经无话不说的尤然为什么会变成这样，她们之间有什么话是不能直说的，怎么会闹到这种地步。她甚至反思了自己的行为是否真的越界。可尤然认识黄家昊多久，庄思敏也就认识了他多久。在他们恋爱的这段时间，黄家昊不仅是尤然的男朋友，也是庄思敏为数不多的朋友之一。他们曾勾肩搭背走在路上，尤然还撺掇他俩拜兄弟。他们也曾为了尤然生日私下密谋了很久，尤然知道后只有惊喜和感动，丝毫没有生气。

从什么时候开始，尤然有了情绪，不得而知。从什么时候开始，尤然的悄悄话只和黄家昊说，不和庄思敏讲，庄思敏自己也想不起来了。

感情的发酵只在一时，而变质也同样，只在一瞬间。一句话或是一个动作，很多东西就变了。这种改变是当事人也无法预料和阻拦的。

那一次争吵之后，尤然很久都没有回宿舍。听其他舍友说，尤然和黄家昊在校外租了房子，除了上课，很少回学校。

尤然没和庄思敏打一声招呼就走了，落单的庄思敏这么多年第一次体会到了孤独，她开始一个人去食堂吃饭，一个人去教学楼上课，一个人去图书馆自习。

同学们都有了自己的朋友圈子，庄思敏不想介入任何人的圈子。

有尤然的时候，她从未好好感受过周遭的环境，体会学校的生活。现在，她像是被放到一个偌大的通关游戏中，既没有辅助，也没有队友，她要一个人找到出路。

她发现食堂卖咖喱饭的阿姨总是给得很少，可她不知道该和谁吐槽了；她去图书馆的次数变多了，因为无聊的时候躺在床上，只觉得上面空荡荡的；好笑的综艺和电影没人分享了，她感到很不适应。

还会再见吗

她开始戴着耳机出门，低着头匆匆走路，沉浸在音乐里，就无法感知身边的孤独。

有同学问过庄思敏，怎么尤然不和她一起了，原来出双入对、形影不离的。她不知道如何解释，只勉强笑笑，然后打着哈哈说尤然重色轻友，和男朋友双宿双飞了。

她不愿让同学们知道她和尤然争吵过，她们已经很久不说话不联系了。也不是好面子怕丢人，她单纯觉得这只是一次简单的争吵，她们不会真的就这样下去。

情绪上头的争吵只是一时愤怒的表现，并不会彻底改变两个人的关系，而多年积累的感情也不会因为这一次争吵而消散。等情绪稳定了，不再生气了，她们还是会和过去一样，这才是朋友。

所以庄思敏一直在等，等尤然哪天冷静下来，两个人再见面，相视一笑，就都过去了。

可她没想到，她迟迟没有等到和尤然和好的那一天。

***

大三上学期，学院做考研动员大会，所有大三的学生都必须参加，庄思敏知道这一天她一定能见到尤然。

她在脑海里排练了很多遍，假如她们在阶梯教室碰面，会怎样呢？

按尤然的性格，一定不会拉下面子主动打招呼。但如果庄思敏主动打招呼，再厚着脸皮逗她两句，尤然应该也绷不住太久，就会忍不住笑起来。

所以庄思敏做好了先打招呼的准备，在看到尤然的那一刻，就伸手打招呼，笑脸相迎，尤然肯定不会拒绝。

那天，阶梯教室里人满为患，讲台上组织动员会的同学调试着设备，下面大三的学生三三两两坐在一起，有人拿着考研的书争分夺秒地在复习，有人和身边的朋友交头接耳聊八卦。阶梯教室的前后门都开着，陆陆续续有人进来，各班班长拿着花名册在核对人数。

庄思敏很早就来了，还特意给尤然占了座位。她一直盯着前后门，生怕尤然进来没看到，就这么错过了。后来怕看不清楚，她干脆站起来等着。

距离动员会开始还有不到五分钟，尤然终于从前门进来了。黑色大衣，黑色针织裤，黑色皮鞋，还戴着一顶黑色的渔夫帽，突然有了法国电影里女主角的既视感。

还会再见吗

  庄思敏看到她走进来，赶忙招手，大喊一句"这里"。尤然抬头，正好对上了庄思敏的目光，只瞥了一眼就迅速转移，朝着教室后排仅剩不多的几个空位走去。

  周围同学目睹了这一切，看到了热情招呼的庄思敏和一脸冷漠的尤然，小声地议论着她们。

  那些窃窃私语的声音淹没在哄闹嘈杂的教室里，但庄思敏感觉每一句都像一根针一样，扎在了她的心上。

  她感到火辣辣的灼热感，心跳也跟着加速。她装作若无其事的样子坐下，只觉得木凳冰凉，凉意顺着衣服钻入体内。

  讲台上的老师开始慷慨激昂地动员大家要提早确定人生方向，提升学历，为自己的人生赋能。庄思敏什么都没听进去，只觉得脑袋嗡嗡作响，吵得头疼。她想回头看看尤然是否也和她一样坐立不安，但她不敢回头，她怕撞见尤然冷漠的面孔，她也怕尤然根本没看她。

  动员会结束后，同学们一哄而散，庄思敏沉默地坐在座位上，一动不动，等人群散去才回过神来。

  她有一刻很想追上去问个清楚，就这么点小事至于闹得这么僵吗？如果尤然介意她和黄家昊联系，那她可以把黄家昊删了，以后不联系就好了。她要尤然，不要黄家昊。可她没有，她害怕被拒绝，她害怕看见现在这个冷漠的尤然。

她本以为固若金汤的友情在今天轰然崩塌，而她似乎无力挽回。

庄思敏拿着宣传考研的资料回到宿舍，一副无所适从的样子。她不知道该干吗，是该找个KTV唱歌喝酒发泄一下情绪，还是迅速加入别的朋友圈子，分散注意力，又或者是拿着考研资料一头扎进备考中。

她躺在床上，抬头瞥见头顶的木板上帖着几张她们大二那年去郊区烧烤的照片，庄思敏搂着尤然的肩膀，笑得合不拢嘴。如今再看，恍如隔世。

或许友情就是这样，它只是某个阶段的产物，因为种种机缘巧合凑在一起，彼此给过对方陪伴和支撑，然后到了下个岔路口，即使再不舍，也要说再见了。

除了眼睁睁看着时光的灰尘落在过往的回忆上，让过去一点点变得斑驳和暗淡，别无他法。

还会再见吗

　　无所事事的庄思敏拿起考研资料仔细琢磨起来，动了提升学历的心思。

　　在此之前，她完全没有考研的想法。她和尤然都不是爱学习的人，尤然打算毕业后去南方闯闯，那边外贸业发达，她想一边当翻译一边看看有没有什么商机。庄思敏虽然没有做生意的想法，但也没有别的梦想，尤然叫她一起去南方，她也没拒绝。

　　直到现在，一起去南方的计划泡汤，没有任何规划的庄思敏不得不重新思考自己的未来。她并不想做生意，但也不想回老家。她有点想出去看看，但又没什么向往的城市，考研似乎是个不错的选择，既能继续深造，继续考虑自己未来的发展方向，又能圆了她出去看看的梦想。只想了半天，她就做了决定。然后就开始查找要报考的学校，购买复习资料，加入各种学习小组，每天抱着资料往返于图书馆和宿舍。

　　她没再和尤然联系，也不知道尤然在干什么。只看到黄家昊发朋友圈说自己找到了一家杭州公司的实习工作，在杭州那边租了房子。尤然也没什么课了，跟着一起去了。

　　他们像所有刚进入社会的小情侣一样，住在杭州的合租房里。尤然绾着头发做饭，黄家昊在电脑前加班，尤然接了几个外语翻译的兼职，周末休息的时候两人就一起逛景点。

从黄家昊分享在朋友圈的那些照片中，庄思敏能窥见尤然的生活，尤然变得更漂亮了，穿衣打扮都更精致了，熟悉而又陌生。

***

庄思敏准备考研后，认识了付欢。

学校图书馆三层的自习区是专门为考研学生准备的。考研的学生都是打算抓住机会重新翻盘人生的，所以几乎没有懒散懈怠的，都背着书包早出晚归，就连吃饭的空当都一边吃一边看专业课视频。

长方形的自习区只有一侧有窗户，其余的桌子向内一字排开，靠窗的这几张桌子因为采光好，抬头还能看到院子里春天刚长出来的新叶，总是很抢手。学校规定不能提前占座，所以想要坐到这几个好位置，每天七点图书馆一开门就要去，稍微去晚一些就没了。

为了抢到好位置，庄思敏每天早晨六点四十就从宿舍出来了，打着哈欠等图书馆开门。四月的徐山凉意还未退去，她站

还会再见吗

在图书馆外，瑟缩着，跺着脚等待着。

站在图书馆门口的不止庄思敏一人，还有三三两两同是考研的同学，付欢就是其中之一。大家每天都站在图书馆门口等开门，没过几天就混了个脸熟，再加上在自习区一待就是一天，接水、上厕所的时候碰到了，即便不说话，也会点点头，微笑一下。

但付欢不会，即便付欢就坐在庄思敏对面，这么久了，也没有张口说过话，碰到了也还是一副不认识的样子。

庄思敏从来没见过如此冷淡的人，独来独往，几乎不说话，没有什么表情，看不出她的情绪。因为无从得知对方的心情，生怕冒犯和打扰，也就无法试探着打个招呼。

考研的人总是热衷于找到组织，抱团取暖，好让扛不住的辛苦能有人分享。于是好多人报名考研机构，还有很多人加入了考研群，或者和同班、同宿舍的人搭个伴儿，一起聊考研政治热点话题，疏散情绪，分担压力。

庄思敏没找任何人，前不久刚和尤然一拍两散的她像是得了创伤后应激障碍，不再热衷于社交和友情。她怀疑自己和人相处的能力，也生怕再被伤害，变得越来越沉默，话也越来越少了。

庄思敏有时会猜想付欢独来独往的原因，是否和她一样，没有可以陪伴的人，或者生性孤僻，不愿社交。

她们每天都面对面坐在靠窗的一张桌子旁，付欢总是把复习资料整理成一摞，整齐地摆在角落。不像庄思敏，把要看的书摊成一大片才觉得好找。庄思敏也是在斜眼偷看付欢的时候，才在她的书上看到了付欢的名字，紧接着又看到付欢报考的学校和自己一样，心里不由感慨怎么这么巧。

某天，庄思敏被舍友拉进学校的一个考研群，心想付欢和自己报考同一学校，犹豫再三后，拿指尖轻轻敲了两下桌子。等付欢抬起头，庄思敏指了指手机说："我有这个学校的考研群，要拉你进群吗？"

付欢一脸平静，思考了几秒钟说了一句"好"，然后掏出手机主动添加了庄思敏的微信。

她没有问庄思敏是如何知道她的报考院校的，也没有多说一句，只在微信上给庄思敏发了一句"谢谢"，就沉寂在庄思敏的好友列表里了。

几天后，庄思敏早晨的闹钟没响，一睁眼已经七点半了，她着急忙慌地跑出宿舍，心里想着"完了完了，那么好的位置肯定不在了"，边跑边琢磨如果坐不到那个位置要坐哪里。等她气喘吁吁地跑到三楼，远远地看到付欢坐在自己的位置上，而对面的位置上放着付欢的保温杯。

庄思敏走过去的时候，付欢抬起头指了指位置说："我猜你应该是睡过了，不会不来，就帮你占了座位。"

庄思敏蹑手蹑脚地放下书包，怕吵到周围的同学，不敢多聊，就给付欢发了一条微信："谢谢。"

微信里的两条"谢谢"是她们友情的开端，那之后，她们熟悉了很多。午休的时候会一起去食堂打饭，吃完饭会在人工湖前面晒十分钟太阳。

付欢是文学院的，她俩不在一个宿舍楼，只有复习和吃饭的时候会结伴，有时候付欢不想吃饭，也就各走各的。庄思敏从和尤然的关系里学到的最重要的一点，就是即便关系再好，也没必要绑定在一起，有时候保持一些界限和分寸，关系更能长久。

明白这个道理，庄思敏付出了很大的代价。

她们两个一起背书，一起刷题，一起走在天还没亮的学校里，保持着不远不近的关系，礼貌客气但又彼此陪伴。

＊＊＊

大四冬天的徐山，比往年都冷。考研复习已经到了最后冲刺的阶段，庄思敏每天都很困，喝咖啡都提不了她的神。

昏昏欲睡的中午，庄思敏刷着手机醒神，突然看到黄家昊发了一张和其他女生的合照。照片里的女生留着长卷发，笑起来嘴角有两个对称的酒窝，眼睛弯成细线，白白胖胖的，面相很讨喜，是那种家里长辈会喜欢的儿媳类型，和尤然完全不是一个类型。配文里，黄家昊发了一个爱心的表情。

那条朋友圈下面点赞异常多，评论里有人说着恭喜恭喜，有人催着赶紧结婚。只有庄思敏想知道尤然去哪儿了。他们在一起三年，尤然的大学时光几乎都是和黄家昊一起度过的，尤然为了黄家昊甚至不惜和庄思敏翻脸，还跟着黄家昊去了那么远的杭州，可现在……尤然呢？她怎么样了？

庄思敏越想越生气，越想越担心，拿着手机走出自习区，站在楼道里就拨通了黄家昊的电话。可能是午休时间，黄家昊也在午休，接起电话后声音还很沙哑，明显感觉还没清醒。

还会再见吗

"思敏啊,好久没联系了,大中午打电话啥事儿啊?"

"黄家昊,尤然呢?"庄思敏赶忙问。

"我不知道啊,我俩也挺长时间没联系了。"

"黄家昊!尤然和你在一起那么多年,为了你去了那么远的地方,这就是你对她的爱?甩了她,然后迅速和别人在一起了?"

"思敏,大家很久没联系了,所以你不清楚,我和尤然来杭州不久后就分开了。"

"黄家昊,尤然一个女孩子在那边人生地不熟的,只有你。你怎么忍心就这么抛下她还这么理直气壮?你和她分手了,她去哪儿住了,怎么活,你都知道吗?你怎么这么没有责任心!"

庄思敏在电话里几近崩溃地怒吼着,说着说着就鼻子一酸,哽咽着哭了出来。

黄家昊在电话里听着庄思敏的责骂沉默了许久,直到听见庄思敏的哭声才又开口道:"思敏,我们分手的时候我给她留了一万块钱,应该够维持她一段时间的生活。我们共同的朋友跟我说她现在在当淘宝模特,挺赚钱的。大家都是成年人了,谁没了谁都活得下去。咱们因为尤然好久不联系了,你今天突然联系我,我还挺高兴的。你要真惦记她,就给她打电话,她手机号没变。尤然变了很多，开朗了不少，人情世故也都懂了，应付得游刃有余，现在工作也不错，你不用太担心。来杭州记得联系我，我和我女朋友请你吃饭。"

庄思敏挂了电话后，反复打开尤然的聊天对话框又反复关掉，许久不更新的朋友圈里没有尤然的任何消息，甚至看不到尤然跟别人的任何互动。庄思敏想问问尤然的近况，但怎么也按不下发送键。她觉得很奇怪，自己什么时候变得这么拧巴了。

她怕打扰，怕被误解，怕场面一度尴尬沉寂。她似乎还没准备好重新面对尤然，也没学会如何化解尴尬和搁在两人心头的疙瘩，似乎沉默是最简单也最容易的方式。

沉默不语，不会让她俩的关系好起来，但也不会让关系更坏。庄思敏最终还是默默地退出了和尤然的聊天对话框。

十二月的研究生入学考试如期举行，庄思敏准备得还算充分，但也心身俱疲，下了考场后，回家大睡了几天。

次年二月底出初试成绩，她和付欢考得都不错，都进了复试。三月底的时候庄思敏和付欢结伴去了北京，住在学校旁边四百块一晚的快捷酒店里。三月底的北京停了暖气，但气温并

还会再见吗

没有回升太多。酒店里阴冷潮湿，庄思敏裹着被子准备第二天的复试。

那几天的辛苦与紧张在收到录取通知的那一刻，消解了大半。

拿到录取通知书之后的那个下午，两个人骑着自行车从海淀区骑到东城区，十公里的路程并不觉得疲惫。她们看着眼前这个以后要生活三年的城市，陌生之中带着几分喜悦和向往。

* * *

大学毕业答辩安排在大四的五一小长假后，庄思敏知道她要见到尤然了。毕业答辩后紧跟着毕业散伙饭，大家会凑在一起，唱着熟悉的老歌，醉意上头的时候互相拥抱，诉说着这四年的回忆。那些青涩的、横冲直撞的误解和伤害，横亘在心头的愤怒和怨恨，会在一次次碰杯中消融、化解。

没有什么是过不去的，不成熟时的误解会在成熟后得到正确的处理。庄思敏想象着自己再见尤然的场面，她们是否会相视一笑，过往纷扰烟消云散，举杯只聊回忆和将来；她们是否会含泪拥抱，尤然会讲她在杭州的经历，庄思敏会和她说考研好辛苦。

庄思敏又紧张又激动，期待着和尤然见面。可等所有人都结束答辩，庄思敏也没等到尤然。后来问法语班的同学才知道，尤然申请了延期毕业，据说她在杭州那边有工作走不开，连毕业论文都没写完，就向学校申请晚一年毕业。她的行李还是他们班班长和团支书帮忙打包寄回老家的。

庄思敏望着空荡荡的床板，往事一幕幕闪现。好笑的，温馨的，现在想来不值一提的，纷至沓来。

四年的大学生活里，永远有突然点名的马克思老师、不苟言笑的学生处主任、昏昏欲睡的百人讲座，还有背不完的期末考试重点、抢不到的体育课和校园外十元一碗的酸辣粉，庄思敏的青春和其他人的一样。要说有什么特别的，是陪她经历这些的人，让她的青春有了不同的意义，而那个人就是尤然。庄思敏想在毕业这样告别的氛围里和她说一声再见，然而尤然没给她这个机会。

她没想到她和尤然的最后一次碰面是那次阶梯教室里的考研动员会。现在想起来，庄思敏觉得好遗憾，明明是那么好的朋友，为何不能好好说上几句；明明可以和好的，为何反复拉扯，就是不愿低头主动求和。有什么了不起的大事值得她们用

还会再见吗

大学最后两年时间来生气和别扭,现在想想觉得好傻啊,可也没什么办法了。

青春里似乎总要拿一些失去和分别,让你获得成长,学会珍惜。庄思敏真不想这个人是尤然,为什么一定是她呢。

***

北京的高校集中在海淀区西边,高校扎堆,走在路上碰到一个学生,指不定就是哪个学校的高才生。庄思敏的学校也在其中。她和付欢被分在不同的宿舍区,又因为不是一个学院的,上课时间不一样,平时很难碰到一起,只有周末没课的时候才会一起吃个饭,逛个街。

付欢来到北京后除了上课,其他时间都在找实习工作,出版社、广告公司,但凡和专业有关的,她都想去试试看。她虽然性格冷淡,给人一种不好接触的感觉,但是在自己的事情上很是主动努力。

庄思敏性格开朗热情,但她似乎没有付欢那么强的事业心,她还没想好自己想干什么,能干什么,只想按部就班完成学业,好好享受当下的生活。

四人间的研究生宿舍,住着不同专业的同学,大家上课时间不同，见各自导师的时间也不同，不再像本科时能天天凑在一起。庄思敏大多时候都是一个人。

许久没有消息的尤然，后来开始在朋友圈分享生活。延迟一年毕业的她一年后回了母校，拿到了毕业证书并在人工湖前拍了一张照片。

那条朋友圈停在庄思敏的手机页面上很久，思前想后许久，庄思敏点了个赞。

通过朋友圈可以知道，尤然目前定居杭州，在一家电商公司工作，因为长相不错，能力也很强，在这一行业干得很是不错。

庄思敏常常翻看尤然的朋友圈。有时候是凌晨三点团队小伙伴一起为新成绩庆功的聚会照，有时候是她一个人出去旅行的照片，三亚、大理，日本、法国，她去了很多地方、很多国家。看得出来她收入不错，生活得有滋有味。

庄思敏偶尔给尤然点个赞，但从不期待尤然的回应。后来有一次，庄思敏去北大参加学术研讨会发了一张照片，尤然竟然破天荒地点了一个赞。

如何打破僵局呢？似乎每个人都没有什么好办法。一别几年，发生了太多事情，人的心境和状态也有了很大不同。站在

还会再见吗

不同的人生路上,不知讲些什么,也不知从何讲起。

庄思敏和尤然看上去走上了截然不同的人生道路,读书时一起经历的种种,被时间的浪潮吹散,偶有痕迹,但也不是很多了。

***

研究生快毕业那年,付欢已经在一家公司实习了很久,因为工作能力出色,提前拿到了录用通知。庄思敏也在学校附近的中学代了一个学期的课,学校的老师和学生都很喜欢她,觉得她热情开朗,和大家相处得不错。带她的老教师劝她毕业之后考到学校来,不仅能落户,工作也稳定体面。

庄思敏也确实对教师这份工作很感兴趣,看着孩子们成长、进步,她很开心,也很有成就感。于是毕业那年不假思索就报考了教师编制,成了一名初中英语老师。

庄思敏工作的学校在寸土寸金的北京二环内,因为有早自习,没办法住在太远的地方,也就没和付欢凑在一起,就在学校附近找了个合租房。十平方米的房间内,放着床、衣柜、写字桌三大样家具,就没什么空地了。隔壁房间住着一个在附近三甲医院上班的护士,早出晚归的,很少碰面。房东是个年过六旬的北京大爷,住在一个小区内,不会用电子支付,每个月月初上门收房租。

刚开始上班的庄思敏紧张极了,担心自己讲不好课,拉低月考成绩,担心办公室前辈们会钩心斗角,又怕学校领导不喜欢自己,每天过得如履薄冰。她也没时间打扮自己,梳着一根朴素的马尾,穿着研究生阶段买的还很学生气的衣服,忙碌得脚不沾地。

好不容易休息的周末,要么着急在补教案,要么累极了在补觉,就连朋友的微信都时常忘记回复。

刷着过期许久的朋友圈,才发现尤然搬来了北京。

朝阳区一个看上去就很高档的房子,阳光从落地窗洒进客厅,沙发和电视之间铺着一张大地毯,感觉有好几米宽。L形的沙发上躺着两只又胖又大的猫,几个纸箱堆在地上,一看就是刚搬家的样子。文案也很简洁:新的开始。

看到尤然来北京后,庄思敏一下子有了精神,她开始猜测尤然是不是换了工作,开始想象她们会不会有一天在街上碰到,开始期待她们见面的日子。

她想在那条朋友圈下面留言,删删改改,最后还是什么都

还会再见吗

没说。她给本科时同宿舍的另一个舍友打了电话，询问尤然的情况。

"尤然是从杭州来北京工作了吗？我看她发朋友圈了。"

"我听法语班的班长说尤然在杭州攒了点钱，现在去北京自己创业了。你俩都在北京，你怎么不直接联系她？"

"唉，你又不是不知道，我俩这么多年都没联系过，早就不像当初了。我也没什么事，只是问问。"庄思敏在电话里解释道。

"都是这么多年的老同学了，又没什么大的矛盾，没准你主动给她打个电话就和解了。"舍友在电话里宽慰着庄思敏。

挂掉电话，她想起大学时她和尤然经常坐在人工湖前，聊一些有的没的事情，幻想一夜暴富，谁先富了就带另一个出国旅行；幻想如果谁混得风生水起，另一个就什么都不干，跟着对方白吃白喝。

几年过去，时过境迁，谁也无法料到她们的关系会是如今这样，也无法预知角色早已互换，看上去并不上进的尤然反而成长为如今努力、自信且成功的样子，庄思敏却没了出去看看的心境，觉得安稳的工作也不错。

庄思敏暗自感慨人生吊诡多变，却没有生出任何嫉妒之意。她只觉得尤然一个人在南方那些年并不好过，如今拥有的都是她应得的罢了。

＊＊＊

十二月的北京，树木枯黄，寒风透过窗户缝隙和墙壁吹入屋内，玻璃上结了清透的霜。庄思敏搭着毯子坐在桌子前写教案，还有不到一个月就到学期末了，她作为教师的教学成果将在期末考试中得出结论。她的好胜心让她无法放松精神，她还计划着明年申请班主任，所以更不能掉队。

房东大爷就是在她最忙最紧张的这个时候敲门的。门一开，大爷三步并作两步跨进来："前两天晚上过来，你们总是没人在。我儿子在美国那边结婚了，要接我过去，走之前让我把这套房卖了。这两天会有中介带人来看房，你们如果白天不在家，我就直接带人进来看房了。儿子着急，我也不敢耽误。"

庄思敏瞪大了眼睛，看着大爷，半天说不出话来，之后无奈地冷笑了一声："租房的时候不是说可以长租吗？您也没遵守租房合同啊！"

还会再见吗

大爷在屋里踱步，完全不把庄思敏放在眼里："你还别说，我这么大岁数了，做不了儿子的主，电话里被儿子教训，现在还要听你这小丫头的！你答应就住到月底，我就把押金退你，不愿意就拉倒，爱找谁找谁。"

庄思敏看着大爷盛气凌人还不讲理的样子，再想想自己没写完的教案和即将到来的期末考试，于是问大爷："如果我今天就搬走，房租能今天就退给我吗？"

大爷没想到庄思敏会做这样的决定，斜眼看了一眼她，说："你倒是痛快。你收拾吧，我回去取钱，一会儿来找你退租。"

不到两个小时，庄思敏就收拾完了全部行李，打包了两个行李箱和一个行李袋，退完押金和房租就出来了。庄思敏第一次感谢自己租的房子这么小，没有太多东西，可以随时离开。

虽然她已经想好了，先去酒店住几天，等周末再去找房子，可当她拉着箱子站在路边，望着被风吹光树叶的枯树和人烟渐渐稀少的街道，突然觉得自己就像浮萍一般，在偌大的城市之中无根无靠，一个风浪就会掀翻人生。

那个周末她开始四处看房，可能是到年底了大家都不愿搬家，房源竟然比夏天少了很多。能去看的几个也各有问题，庄思敏吸取了上次的经验，不愿将就。

坐在马路边，想着还没写完的教案和那间昏暗的酒店房间，一股无力感从心间涌出。其实她还可以在酒店坚持一段时间，或者找朋友过渡一下，但还是忍不住觉得委屈和无力。

她拍了一张光影下的城市建筑，发了个朋友圈，配文是宫崎骏动画电影里的一句话："不会飞的猪，就只是平凡的猪。"

成年人的克制就是即便眼下的处境十分艰难，但还是会用最后一丝理智控制住冲动，维持着表面之上的平静。

就在她对着对面的高楼发呆时，收到了尤然的微信。

没有寒暄，没有铺垫，上来直接问了一句："你在哪儿？发个定位。"

庄思敏看着那条消息，愣了会儿神，像被什么东西牵住了，顺着对方的消息，发送了自己的位置。

二十分钟后，尤然把车停在路边，鸣了一下笛。庄思敏看见车里的尤然，长发披肩，穿黑色羽绒服，头戴黑色棒球帽，看上去格外消瘦却很精致，陌生而又熟悉，她突然就不知该如何开场了。

她想过她们会再碰面，但没想到是以这样的方式再见：一个光鲜亮丽,一个正无家可归。

还是尤然先打破了沉默:"愣什么呢?你先上车,这里不让停车。"

庄思敏回过神来,拉开车门,坐在了副驾上。进入狭小的空间内,更是无所适从,多年未见的生分和局促占据上风,丝毫看不出她们曾经是吃一碗饭、睡一张床的好友。

庄思敏系好安全带,坐在那里一动不动,目光瞥着尤然开车,忍不住开口问:"你怎么突然来找我?"

尤然一边看着前面的路,一边打开蓝牙音响,车厢里飘荡着小众乐队轻快温和的歌声。"你那朋友圈文案,上次出现还是你大二竞选学生会部长失败的时候,哀号了三天发的一句文案。这是出了多大的事儿,让你又觉得自己像猪了?"

多年未见,尤然并不留情,吐槽起来还像当年一样生猛。

庄思敏又气又想笑,但还是回答了尤然的疑问:"也没什么事,就是没找到合适的房子,暂时准备住在酒店。"

尤然干脆地问了酒店名字,就直奔酒店去了。

学校附近的快捷酒店没什么环境可言,十多平方米的房间里充斥着霉味,挥散不去。两个行李箱被庄思敏放在角落里,桌上放着电脑和教案,还有两包没吃完的饼干。尤然环顾一圈,小声说了一句:"还行,比我当年在杭州租的房子好。"然后扭过头来坐在床边问庄思敏,"你是继续住在这儿等到找好房子再搬家,还是先去我那儿住几天?"

庄思敏还没从尤然突然出现的惊讶中回过神来,对尤然热情的邀约本能地表现出一副不知所措的样子,思前想后许久说了一句:"我还是不去了,这里上班方便一些,我早晨七点之前就得到学校。"

尤然也没多说什么,拿着包站了起来,说道:"那也行,有什么需要记得找我,能再见面不容易。"说完之后露出一个些许尴尬的微笑,走了。

庄思敏听着尤然的脚步声渐远,瘫在床上,脑子里乱极了。

有一种说不上来的情绪在胸间涌动,她无法准确描述此时的心情,一边为两个人重逢感到惊喜,一边又为她们之间的尴尬和紧张感到心酸。

庄思敏思绪还在飘忽,突然有人敲房门,她以为是来送矿泉水的阿姨,打开门一看还是尤然,靠着门挤出一丝难看的笑容:"要不然还是和我走吧,我帮你一起找房子。"

庄思敏笑出了声:"真的不去了。我没和你客气,我去你那儿住,早晨要起很早,打扰你不说,我自己也会很累。"

尤然见庄思敏真的没有在客气,这才放下心来,关上门又离开了。庄思敏一人留在房间里,想到刚刚的种种,不禁笑出了声。

眼前的困境与朋友重逢相比,似乎变得不值一提。

又过了几天,庄思敏找到了房子,抽空搬了家。

她在搬到新住处的第一晚就给尤然发了消息:"我找到房子了,谢谢你那天来看我。"

尤然没说什么,只回了一个OK的表情。

没人重提当年的旧事,也没人争着要一个合理的解释,她俩似乎都学会了用更平和的方式处理人生中的种种遭遇与处境。

许多无法消化的情绪被静悄悄地安放在那里,无人触碰,也就没了再提的意义。

再往后,尤然和庄思敏隔三岔五会聊几句班里同学的近况,谁结婚了,谁现在混得不错,从前的默契和笑点仍然一致。

尤然自己做起了电商,收入不错,但经常忙得黑白颠倒。

庄思敏工作时间相对固定，但每天和家长沟通学生情况，还要面对学生的升学压力，也不得清闲。她俩彼此诉说工作中的辛苦和烦心事，互相安慰几句，然后回血重新投入战斗。

一种奇妙的关系在两人之间氤氲开来，似乎彼此都很想和对方恢复联系，但也都没有找到舒服的相处模式。尤然聊的那些话题庄思敏并不感兴趣，她常为买到一个贵价包而喜形于色；而庄思敏对于教师行业的尊重和在意时常让尤然觉得太较真，会很辛苦。

两个人的关系一直不远不近地维系着，不似从前亲密，但也没有了尴尬。

到了一定年纪，很多过去锱铢必较的事情就变得不再重要了，很多寸土不让的原则也有了商量的余地，明白了这个世界上并没有绝对的事情。

***

尤然在二十七岁生日那天举行了一个盛大的生日派对，她租的房子被布置得很好看，香槟、鲜花多到放不下，就连生日蛋糕都订了好几个不同的牌子和样式，叫了二十多个朋友来家里庆祝。大家送的礼物被堆放在客厅的角落里，庄思敏虽然不

还会再见吗

了解时尚和名牌，但也见过那些礼物的品牌，每一个都价格不菲，让庄思敏准备的动漫手办显得格格不入。

她一直记得尤然的生日。上大学那几年都是黄家昊和庄思敏一起给尤然过生日的，在学校外的西餐厅，订一个巧克力蛋糕，点上尤然爱吃的炸鱼和牛排。黄家昊和庄思敏一耍宝，气氛就到了高潮。

后来失联的这些年，每年到尤然生日的时候，庄思敏总能记起来，但从未说过什么，她没有给出问候，也就不清楚从二十一岁到二十六岁的生日，尤然是怎么过的。

尤然突然的邀请让庄思敏兴奋之余竟有些紧张，她害怕无法融入尤然的朋友圈子，担心和其他人聊不来。

尤然头发高高盘起，穿着黑色的裙子，踩着一双羊绒拖鞋，整条小腿露在外面，脚踝处细小的文身随着脚步晃动。她穿梭在人群中，招呼着大家吃喝玩乐。

庄思敏坐在角落，和在场的其他人都不熟，也不会玩酒桌游戏，只静静地坐在那里。

晚上八点的时候，几个人推着一个蛋糕车站在客厅中央，尤然被围在中间,闭上双眼许愿。庄思敏站在人群的最外围,看着尤然。尤然双手合十,对着比她的脸大好几圈的草莓蛋糕许愿,刚吹灭蜡烛,就被旁边的人摁住脑袋,整张脸被摁进了蛋糕中。

一整个蛋糕被挤压破碎,等尤然起身后,身边人哄堂大笑,纷纷拿出手机拍尤然满脸是奶油的照片。蛋糕车被推到了垃圾桶旁边,庄思敏知道,用不了多久就会被打扫卫生的阿姨清理掉。

客厅里音响的声音越来越大,觥筹交错间,已经有人醉意渐浓,说话开始语无伦次。庄思敏浑身不自在,看着手机上的时间一分一秒地过去,她从未觉得时间如此漫长难熬。哄闹的气氛让她有了晕车的感觉,眉头紧皱,感觉马上就坚持不住了。

她不想扫众人的兴,但也确实待不下去了,抬头扫视屋内,寻找尤然的身影。尤然正和几个女生在餐厅拍照,庄思敏走过去,站在一旁,示意尤然自己有话要说。

"我可能是刚刚吃得不舒服了,现在有点难受。我怕一会儿更不舒服,就先走了,你们继续好好玩。"

尤然也没挽留,拿起旁边椅子上的外套,披上衣服说:"那

185

我送送你吧。"

三月的北京，寒意还未退去，庄思敏不想让尤然在外面待很久，但拗不过她，便和她从家中走出来，一直走到小区院子里。

寒意和凉风瞬间把人从昏沉中吹清醒，庄思敏坐在小区院子里的长椅上系鞋带，尤然顺势坐在她旁边。

长椅旁昏黄的灯光照着还未发芽的绿植，松木和土壤散发出阵阵自然的气息。

"你是不是不习惯这样的氛围啊？"尤然开口问庄思敏。

庄思敏尴尬一笑，但也没隐瞒："确实有点，没参加过这么盛大的生日派对，不太适应。"紧接着又跟了一句，"我看没人买巧克力蛋糕，你现在不喜欢吃巧克力了吗？"

"嗯，很早就不吃了，突然觉得腻了，还容易发胖。"

庄思敏叹息了一声："很多事情都和原来不一样了。"

气氛变得凝重严肃起来。天空中看不到一颗星，乌云挡住了月亮，她们心知肚明对方在等着自己说些什么，但没有人开启话题。最后还是尤然打破了沉默："当年的事情，我欠你一个道歉。因为一个男生和你吵架,是我太小气了。"

庄思敏等了很多年,一直在等和尤然正面沟通的机会,她没想到会是这样的时刻。庄思敏笑了笑:"我也不对,不懂和人相处的分寸,没有边界感。"

再次提起,两个人不是质问和埋怨,反而心平气和,为当年的莽撞和幼稚道了歉。

时过境迁,太多事情已不知该从何谈起,再去追讨真相和原因也没了意义。

时间赋予了我们豁达的心态,让想不通的事情有了出口,让耿耿于怀的情绪变得不再重要。

庄思敏一直觉得自己有一肚子话要讲,可到了眼前,又觉得好像也没什么可讲的了。

她想问问尤然一个人在杭州的那几年是怎么度过的,辛苦吗?孤独吗?可看着如今事业成功、朋友众多的尤然,突然觉得再去忆苦思甜显得很多余。她也很想问问当初她和黄家昊到底怎么回事,但看着现在的尤然身边男生不断,也觉得没有再提的必要。

想来想去,除了为当年不懂分寸的自己说一句"对不起",

还会再见吗

好像也不能再做什么了。

断档太久的关系，即便有重新来过的机会，也因为错过太多对方的成长和生活，而变得陌生了。

庄思敏怕尤然着凉，站起来准备离开，尤然跟着站了起来，两人四目相对，竟相顾无言。

内心翻涌着什么很难描述，但彼此都清楚这次虽然重归于好，可她们的关系也不复从前了。她们在很久之前就已经走上了不同的路，沿途的风景不再相同，彼此的心情也不再同步，早就过上了截然不同的人生。

尤然一直把庄思敏送到小区门口，看着庄思敏上车，然后冲车内摆摆手，庄思敏也笑着摆了摆手。

车开了，从东向西，从繁华回归宁静。庄思敏坐在车里想起那个草莓蛋糕，突然泣不成声。

尤然不知道庄思敏为了她和黄家昊吵了一架，删除了他的联系方式。庄思敏也不知道尤然一直惦记着她，知道庄思敏没找到合适的房子，还给庄思敏留了一间卧室，床上放着她们都很喜欢的玩偶，可她知道庄思敏不会留宿。

很多事情都变了，很多故事都留在了过去。

她们那么在意彼此，但她们也彻底失去了彼此。

岁月赠予了一场别离，这中间的深意要多少年才能看清。

如今回头望，只剩无声的叹息。

勇 敢 的 人
在 孤 独 中 尽 兴

Chapter 5

路 过
你 生 命 的 每 个 人

I NEED YOU

还会再见吗

命运之神没有怜悯之心,

上帝的长夜没有尽期。

你的肉体只是时光,

不停流逝的时光,

你不过是每一个孤独的瞬息。

难倒北漂的第一件事,是租房。在北京租房有多难,看满大街的租房中介机构就知道了。大的中介机构在各个小区周围的街道上几十米就开一家店,随处可见它们的广告。为了增加竞争力,有些机构还提供额外服务,帮助从来没有独居过的北漂通下水、灭蟑螂、安装宽带、修门锁——当然,这些服务不是免费的。

除了这些正规的租房中介机构,网上还有发布租房、转租的帖子,一般都是房东直租、二房东转租。这些房子的优点是没有中介费,对于手里的每一分钱都要精打细算的北漂来说,能省则省;缺点是因为是直租或者转租,房东一般嫌麻烦,不愿意为了房子的小毛病来帮忙修理,也会有一些意外发生,比如因为贪便宜,没有正规机构的保障,会遇到房东毁约或者让租

还会再见吗

客临时搬家的情况。

在北京，租房是北漂避不过去的一道坎，幸运的话，会遇到好房东、好中介；不幸运的话，被骗钱不说，可能还会面临无家可归的情况。

***

我叫秦歌，刚毕业的时候在一家艺人经纪公司当艺人宣传，说是宣传，其实就是到处发一些通稿，但也忙得很，经常熬夜出差，跟着一些不火的小明星到处跑，累得长痘生病、月经不调。后来实在扛不住了，我决定换工作，找一份加班少、出差少的工作，最好能天天坐在办公室里。我面试了广告公司、传媒公司，还去了出版社面试，最后去了一家公关公司，工作内容和之前的大差不差，但好在不用出差了，我紊乱了许久的内分泌终于有机会好转了。

工作定了，我决定找房子，才发现在北京，找房子不比找工作简单。我一开始是想独居的，但是看了一眼网站上的价格，就被"劝退"了。

合租的房子我看了很久。第一次中介带我去看一间卧室，美其名曰面积大，性价比很高，其实就是客厅隔出来的隔断房，隔音不好，还有随时被拆除的风险。这也就算了，看房结束出来的时候，住在隔壁的男生只穿了平角内裤就从房间出来去厕所了。我看了中介一眼，中介眨眨眼，跟我说："姐，还有下一家。"

后来我又看了好几家。有一家养了狗，刚进去狗就冲我狂叫，狗主人不以为意，跟我说"没事儿，它不咬人，只是认生"。还有一家在公用的客厅区域搭了一张床，围了一个帘子，据说是老婆生了孩子，老家的婆婆来照顾，只能让老人在客厅将就。

看着看着我就沮丧起来了，倒不是说没有合适的房子，这中间有看得上的，价格也美丽，也有觉得各方面还不错的，但犹豫的工夫就没了。

最后想来想去，局势逼得我不得已自己当二房东，整租一套房，然后自己挑租客。这样能保证住进来的都是女生，都是我自己见过、选过的人。

我在网上看了许久，终于在东五环外租了一个三居室，房东直租，五千块一个月。我自己住朝南的主卧，面积最大，阳光最充足，出来右手边就是厕所。还剩一间朝东的次卧和一间朝北的次卧。朝东的房间有一张双人床、一个双人衣柜，拐角

还会再见吗

有一张单人书桌，面积虽不大，但"五脏"俱全。虽然光照没有朝南的主卧充足，但早晨醒来拉开窗帘，也绝对是一副岁月静好的模样。朝北的那间就稍微差点意思了，晒不上太阳不说，还是这三间卧室里面积最小的一间。房间里放了一张单人床、一个简易衣柜和一张小书桌，基本上就没什么富余空间了。好在这套房子的客厅比较大，还有朝南的窗户，我给老旧的餐桌换了桌布，还在茶几下面铺了地毯，在窗台上养了几盆多肉植物，房子里一下子就有了生活气息。

在网上发布招租信息后，一直有人要看房，我拒绝了单身男性，还有一些情侣，最后是徐晶晶和武文玥花一千八租到了那间朝东的卧室。她们大学毕业从东北老家来北京找工作，人生地不熟，也没什么社会经验，看两个小姑娘涉世未深的样子，我选了她俩。

直到决定签合同的时候，徐晶晶才和我说："秦姐，我们能押一付一吗？我俩的钱实在不够押一付三的。"

我没想到她俩会这样："姑娘，我这里就是押一付三，因为我给房东也是押一付三的。你们少付我，我也没钱付给房东啊。"

徐晶晶拿出包里的特产，塞到我手里："秦姐，这房子我俩真的想租，以后公共区域的卫生我来负责。我还会做饭，周末可以给你们做饭吃，你就帮帮我俩吧。"武文玥跟在徐晶晶屁股后面，点着头应和。

我看她俩这样子，撇了撇嘴，说："房租得按时交啊。"

徐晶晶疯狂点头："没问题，秦姐。"

朝北的那间卧室不好租，我每次和人介绍都要忽略它面积小、没阳光的缺点，不断强调房子的优点："房间很干净，屋里都是女生，都很爱干净，作息很规律。"我努力渲染着这间屋子很好很温馨，却架不住人们看过之后总是失望。

直到接到了张胜男的电话，我还像往常一样，说这间屋子干净，室友关系和谐，大家作息规律。张胜男没接话茬儿，只问了一句："房租是一千二对吧？"

我说："对。"

很快，张胜男便搬了进来，至此，这套三居室便满员了。

我在这里住了四年，直到我生病需要回家调养，无奈之下，找人帮忙搬走了所有东西，选择了退租。

日光之下，往事如浮云般游走，在眼前飘过，一桩桩、一幕幕那么清晰，伸手去抓，却什么都抓不住。

还会再见吗

***

徐晶晶和和武文玥高中和大学都在一起，徐晶晶大学学工商管理，武文玥学旅游管理，都在管理学院。徐晶晶家就她一个孩子，她爸在镇上和人合伙开了一个东北菜馆，规模不大，食客都是镇上的老居民；她妈一直在村子里，料理家务，照顾徐晶晶的爷爷奶奶。

徐晶晶从高中起就从村里去镇上了，后来又从镇上考大学考到了他们当地市里。她皮肤很白，头发有点自然卷，扎一根辫子，因为开朗爱笑性格好，走到哪儿都很受同学老师欢迎。上大学的时候，她成绩一般，去不了省外的好学校，她爸就让她留在他们省里读大学，为的就是离家近，能经常回家看看，生活费也能少点。家里没人懂报专业的事情，让徐晶晶自己拿主意。徐晶晶看看自己的成绩，又看看琳琅满目的专业目录，心一横，选了工商管理。

徐晶晶哪懂工商管理是学什么的，哪知道这专业毕业后是干什么的，家里长辈帮不上忙，全凭自己闯荡。大学毕业的时候，徐晶晶傻眼了，这专业不好找工作，在老家没什么可干的，能干的基本都是不对口的工作，工资低还没保障，她就想出来闯闯，来北京看看。

她爸妈一听女儿要去北京，强烈反对，就这么一个女儿，舍不得撒手，想留在身边。但他们也知道凭自己家的条件，没法给孩子更好的生活，不得已放手。

武文玥是徐晶晶叫着一起来北京的。她俩高中坐前后桌，上大学的时候，成绩差不多，于是报了相同的学校。等到上了大学，又发现宿舍门对门，所以过去几年，她们一直在一起。

武文玥还有一个弟弟在上初中，叫武文川。他们家重男轻女，她爸妈明确表示老了之后要儿子养老，不需要武文玥管，所以把全部精力、时间和金钱都用来培养儿子了。武文玥一早就知道她爸妈的想法，也不敢提什么要求。

大三的时候，武文玥想考研，考个师范专业，毕业好就业。她妈说，考上研究生，你自己供自己啊，我们没钱供你了，女孩子家，读那么多书干吗，早点出来挣钱嫁人吧。没考上研究生的武文玥在徐晶晶问她要不要去北京找工作时，立马答应了，她真的迫不及待想离开那个重男轻女的家。

两个人刚来北京的时候，什么都不知道，什么也不懂。找房子的时候刷到了我发的帖子，觉得房子不错，主要是价格合适，就来了。两人住一个屋，每人每月九百块。

还会再见吗

刚搬进来的时候,两个人都没工作,每天抱着手机在网上看招聘信息,坐地铁去应聘。行政前台、酒店司仪,只要不限制专业,统统都看。后来徐晶晶去了一家物业公司当前台接待,月工资五千五。武文玥就没那么幸运了,找了一个月都没找到合适的工作,每天在家吃着馒头蘸酱。徐晶晶看不过去了,帮她看网站,问同事有什么工作可以介绍,正好赶上一个北京同事的朋友开咖啡馆,问她愿不愿意去店里干。

一直没找到工作的武文玥听说有工作了,也不管是不是高楼里的白领,就去面试了。武文玥个子不高,不到一米六,体重只有八十多斤,整个人瘦瘦小小的,头发乌黑,皮肤白皙,即便不涂口红,嘴唇也是淡粉色的。老板大概看她长得不错,又是大学毕业,就留她在店里当店长。每天十一点上班,十点下班,上六休一。

徐晶晶和武文玥刚来北京,人生地不熟,休息也不出门,窝在家里看剧。徐晶晶厨艺不错,周末总想着做点什么。每次做好饭总会叫我一起吃,我推托了几次,但架不住徐晶晶特别热情,后来三个人熟悉了,在家的时候总是一起做饭吃饭。我在客厅的角落放了一张懒人沙发,吃完饭之后,我们就一起看电视追剧,有时候赶上武文玥上班,就我和徐晶晶两个人。

张胜男从来不参与我们的活动,形单影只。她很懂租房的规矩,用完厕所会把自己的东西收拾干净,开通风;吃完饭会迅速洗碗,不占用水槽;早上总会错开时间去洗漱。她很少待在客厅,每天回来就钻进自己的房间,偶尔在上厕所的空当和大家碰到,也就是点头笑一下,维持着恰到好处的社交距离。

我们四个第一次聚在一起是在认识差不多三个月的时候,赶上徐晶晶过生日,武文玥专门调休,买了蛋糕和蔬菜,打算在家里煮火锅。

客厅里热热闹闹,张胜男的房门紧闭,徐晶晶看了我一眼,示意我要不要叫张胜男一起。

我瘪了一下嘴,站起来小心翼翼地去敲门。三声过后,我听见张胜男穿起拖鞋朝门口走来,房门打开一条缝,屋里遮光窗帘还没打开,光线昏暗。张胜男蓬着短发,脸色暗沉,脸上的痘印清晰可见,穿着并不整洁的睡衣,靠着门问我:"怎么了?"

看到她这副无精打采的样子,我不知道还要不要张口,但又没有别的话题可以搪塞过去,于是指了一下客厅:"徐晶晶今天过生日,我们煮了火锅,看你一直没吃饭,要不要来吃

还会再见吗

一点？"

张胜男在门口站了好一会儿，转身进屋穿了双袜子，走出来对站在门口的我说："走吧，我确实有点饿了。"

徐晶晶和武文玥显然都没想到张胜男会愿意一起吃饭，赶忙给她拿碗筷。徐晶晶小心翼翼地和张胜男说："胜男姐，终于和你一起吃饭了。"

张胜男喝了一口桌上的啤酒，然后说："晶晶，生日快乐。"

徐晶晶和武文玥沉浸在吃火锅过生日的快乐中，显然没发现张胜男掩藏不住的悲伤。我坐在张胜男旁边，感觉到她有些不对劲，但也不敢说什么。

吃完饭后，张胜男窝在懒人沙发里，对着电视边喝酒边放空。我这才发现，我们一起住了这么久，我都没有仔细看过她几次。她穿着一身老式睡衣，齐肩的短发随意地扎在脑后，戴着一款圆形眼镜，露出的肤色并不白皙，整个人瘦瘦小小的，窝在那里，好像谁家营养不良被欺负的小男孩。

我小心翼翼地走过去，坐在她旁边，然后装作不经意地问了一句："你今天是不高兴吗？"

张胜男还是喝着酒，看着电视，头也不回地回答道："失恋了，和谈了四年的男朋友分手了。"

我不知道说什么安慰她，我们的关系显然也没到可以抱头痛哭的地步。我拿起桌上的酒，自顾自地打开，碰了一下张胜男的酒杯说："喝吧，我陪你。"

一句"我陪你"弄得场面一发不可收拾，我们俩喝光了买回来的酒，就连我收藏的几瓶瓶身特别好看的气泡酒也被拿出来喝了。我酒量一般，喝到后来满脸通红，情绪失控，坐在那里和张胜男絮叨自己的生活。张胜男也不甘落后，跌坐在一旁，和我讲这段谈了四年的恋爱。

"我俩都打算结婚了，他问我能不能不管我妈和我妹妹们，我俩在北京生活成本太高了，这样一直贴补家用，什么时候才能在北京买房。我看着他的脸，无法答应他。一边是我爱的人，一边是我的家人，哪边我都割舍不下。我想和他结婚，但我也不能丢下我妈不管。我和他说能不能再等等，等我二妹大学毕业，工作了，我的压力就没那么大了。他说他已经等我好几年了，我们都三十了，他等不起了。"

我昏昏沉沉地靠在沙发上，听张胜男边哭边讲，拍了拍她的肩膀，不知道如何安慰。

张胜男大口喝着酒，借着醉意宣泄着内心的情绪，或许是失望、无奈，也或许是无法反抗的懦弱，诸多情绪掺杂在酒里，

还会再见吗

一饮而下，便可化为乌有。

作为旁观者，说什么都是无足轻重的。命运的爪牙之下，每个人都有自己的狼狈和艰难，在所难免，无处可逃。

我后来完全断片儿了，不记得是谁把我扶回房间的，也不记得张胜男最后说了什么，只记得她低沉呜咽的哭声在客厅里回荡。成年人的痛苦都带着几分压抑，无法彻底宣泄，亦无法彻底解决。

张胜男十八岁上大学就来了北京，学会计，毕业之后去了一家国企，公司答应干满三年就给户口，结果张胜男只干了不到一年就离职了，之后去了一家私企。没什么别的原因，就是缺钱。国企体面、稳定，但钱少。张胜男极度缺钱，比起那个卖不了钱的北京户口，她更需要实实在在拿在手里的钱。

那时候私企只比国企一个月多给三千块，就轻而易举收买了张胜男。张胜男怎么算都觉得，一年多这三四万能救她妈妈的命。

张胜男家里还有两个妹妹，一个大学还没毕业，一个还在读高中，都是用钱的时候。她爸爸很早就去世了，留张胜男她妈妈一个人带着三个女儿生活，欠下了一屁股债。她们村里人看她妈妈一个人带孩子太难了，给申请了低保，还给她妈妈找了不用出门在家就能干的手工活，缝一些手工工艺品。家里还有几亩地承包出去了，每年能有一些钱。可即便如此，钱还是不够花。

张胜男学习好，初中毕业的暑假去镇上的饭馆打工，挣了一个假期的钱，不到一千块，给妈妈贴补家用。高中三年更是不用人操心，没上一天辅导班，就考上了北京的重点大学。考上大学的时候张胜男不想上，觉得学费太贵了。她妈那时候已经直不起腰了，站在院子里一边捶腰一边说："孩子，你得出去啊，你读了大学才能改变你的命运啊。"

张胜男抱着她妈哭，哭得上气不接下气："妈你再挺几年，等我毕业赚钱了，我帮你还债，我帮你养妹妹。"

读大学后，张胜男申请了国家助学金，又拿了国家奖学金，放假就去当家教，挣了钱就给家里寄钱。毕业的时候因为北京挣得多，想着留在这里多挣一点，早点还完债，于是一直待到了现在。

那顿酒之后，张胜男和我变熟了很多，我没比她小几岁，聊起工作和感情更有共鸣。不忙的时候，张胜男会跑到我屋里

还会再见吗

晒太阳，四个人都在的时候，我们会一起包饺子。

我和张胜男很羡慕年轻的徐晶晶和武文玥，她俩精力充沛，人生还有很多可能；徐晶晶和武文玥却羡慕我和张胜男，对待生活和工作都能处理得游刃有余，遇到什么问题都不怕。

人生就是这样，我们总是盯着别人拥有的，却常忽略自己手里能抓住的。

日子如白驹过隙一般，我们几个人在自己的生活里努力着，挣扎，摔倒，再爬起。手心向上，在这个城市讨生活。

直到一桩桩意外如乱石一般，打破宁静的生活水面。

我们住在一起差不多一年的时候，徐晶晶的工作出了问题。那天她回到家哭着说："人事今天找我，说公司人员优化，我被优化了，给我一周的时间找工作。这么短的时间，我去哪儿找工作啊？"

张胜男不慌不忙地从冰箱里拿出一袋冰牛奶，一边喝一边说："把你的合同给我看看。"

徐晶晶赶快跑回屋里找合同，一边擦眼泪一边递合同："胜男姐，怎么办啊？"

张胜男一边翻看合同一边说："这份合同还是签得很到位的，你这个情况试用期都结束了，他们不能平白无故辞退你。你明天到公司就跟他们讲，正式员工被辞退需要提前一个月通知，并且需要赔偿N+1倍工资。你这个情况，怎么也能拿到一点五倍工资。"

徐晶晶坐在那里，边哭边讲："我和人事说了，可她说公司给不了，让我体谅体谅。"

张胜男哼了一声，一口喝完了那袋冰牛奶，然后说："公司怎么不体谅你呢！明天你去公司，坚持要这份补偿，给不了就走劳动仲裁，比起企业，劳动法更保护劳动者。"

张胜男说了一连串，徐晶晶都听傻了，一边擦眼泪一边感谢："胜男姐，你太厉害了，怎么知道这么多啊？"

张胜男一副嘚瑟的表情："我怎么说也比你多吃了几年饭，多上了几年班，这点事再处理不了，就完蛋了。"

徐晶晶一面夸张胜男能干，一面还是不放心："我怕他们还是不答应，直接让我走人。"

张胜男声音一下高了："笑话，你就按我说的去讲。他们要是敢耍无赖，我和你一起去！"

有了张胜男的指导，徐晶晶从容了很多，也查询了一些这

还会再见吗

方面的知识，做好了和公司对抗的准备。结果还算顺利，公司一听，觉得多一事不如少一事，立即给了徐晶晶应有的赔偿。

在家待业的那段时间，徐晶晶自觉承担起了打扫卫生、做饭的工作，每天早晨给我们煮鸡蛋、熬粥，晚上变着花样炒菜。我虽然是二房东，却从来没在这些事情上多出力。干家务、做饭一般都是徐晶晶在张罗，真要遇到什么事，先站出来的肯定是张胜男，我跟在这几个姐妹身边，没少得到照顾。

跟在徐晶晶屁股后面的武文玥越来越忙，就连原来一周一天的休息，都不在家了。我问过徐晶晶，怎么总是见不到文玥了，徐晶晶摆摆手说："我也见不到她，我睡了她才回来，我醒了她已经走了。原来我们每天晚上睡觉前都会聊聊天，现在她成天抱着手机，感觉和我也没什么话说。"

我开玩笑般问徐晶晶："文玥不会是谈恋爱了吧？谈了恋爱就忘了朋友了。"徐晶晶翻了个白眼："谈恋爱可以，但背着我不可以。我俩之间没有秘密。"

我时常羡慕她俩，认识这么多年，知根知底，互相依靠，在偌大的城市里就是对方的支撑和信念，但凡我有这样一个步伐一致的朋友，也不至于自己出来租房当二房东。

北京有种神奇的力量，它可以将天南地北的人聚在一起，也会猝不及防地将其分开。武文玥来找我的时候，说实话我很意外，她下班很晚，蹑手蹑脚地来敲我的门。我从床上坐起来，喊她进来。

即便住在一个屋檐下，我们也很久没碰面了。她显得越发瘦小，厚厚的粉底盖着下巴和脸颊上新长的痘痘，因为吃过饭的缘故，口红已经掉色了，判断不出是红还是粉。十一月的北京，天气已经凉了，她还穿着入秋时的卫衣。

看她一脸疲惫，我招呼她赶快坐下。她客气地不敢坐在床边，而是坐在斜对角化妆桌旁的椅子上。不知道有什么事情这么晚来找我，我赶快问她："这么晚了，你找我有什么事吗？"

她低着头坐在椅子上，两只手揉搓着牛仔裤上的线头，低声对我说："秦姐，我恋爱了。"

声音细小得即便夜深人静，我也还是没听清，让她又重复了一遍。她说："姐，我恋爱了。"

恋爱了，这是好事呀！我见她低着头不说话，觉得不对劲，就问她："你和晶晶说了吗？"

武文玥回了一句："说了，我刚恋爱就告诉她了。"

徐晶晶竟然知道，她怎么还看着有些担忧似的。我转念一想，她大晚上来找我，莫不是和房子有关？

我试探着又问道："文玥，你找我有事吧？你直接说吧，咱俩都这么熟了。"

她有些不好意思地开口道："姐，我和我男朋友在一起有一段时间了。前阵子他叫我搬过去住，我想着太快了，就没答应，但因为他家离我上班的地方近，会方便很多，所以我想着和晶晶商量下，每个月我回来住半个月，然后房租我少出三百，晶晶没同意。你能帮我劝劝她吗？"

我一听她这语气，就知道她是不想在这儿住了，但又磨不开面子和徐晶晶说，于是想了这么个折中的办法，找我当说客。我们虽然相处得不错，但我也不想掺和她俩的事，于是劝她自己和徐晶晶商量。

她说："我之前和她提过，她本来就不喜欢我男朋友，我一提，她就生气了。"

旁人的事情，我不知道该如何干涉，但又碍于二房东的身份，不能完全不管不顾，于是不得已安慰她："你今天先休息吧，明天还要上班呢。等明天我找晶晶聊聊，看看她怎么想的。"

徐晶晶每天忙着投简历、去面试，前公司发的那份补偿虽然没让她过得捉襟见肘，但也远不到富裕的地步。我下班回来，见她在那边忙活着做饭,不知道该如何开口。她见我站在那里一动不动,就催我换衣服准备吃饭。张胜男在加班,家里只有我们两个人。

吃饭的时候,她一边给我夹菜,一边念叨最近的面试情况:"方庄那边有个公司还不错,但是太远了,我上下班来回要将近四个小时,太累了。通州那边也有一个公司,但他们公司上六休一,我干惯了休两天的,休一天还有点不适应。姐,我什么时候能像你一样,去国贸那边上班啊?"

我吃着她夹的菜,安慰她:"没事儿,你再找找。在国贸上班有啥好的,你知道那边的地铁有多挤吗?那边的外卖比咱们这边贵好多。"

徐晶晶接着问我:"姐,你会一直留在北京吗?你想过回老家吗?"

我放下手里的筷子,不知道如何回答。说实话这个问题我也想过,找房子的时候就想过不如回老家算了,起码吃住在家里,不用受搬家的苦,但周末在胡同里看展、在咖啡馆和朋友闲聊的时候,又不想离开。我享受着这里的包容和自在,享受着它年轻的活力和张扬。

北京就是有一种魔力,让你时常抱有幻想,那份幻想牵扯

还会再见吗

着你挨过了一个又一个春夏秋冬，总有一种目的地就在前方的错觉。但目的地那里又有什么呢？

我抬起头看着徐晶晶说："不知道啊，走一步看一步吧。混得好就留下，混不好就回家。"

徐晶晶一脸羡慕地看着我说："姐，你混得还不好吗？我们这种一个月挣几千块的人才是混得不好。"

"我比你大几岁，多上了几年班而已，等到我这个年纪，你也能赚这么多。北京啊，有钱人不缺，有本事的人也不缺，穷人也不缺。"

我和徐晶晶感慨着北京的生活，突然想起武文玥和我讲的事情，话题急转，我问她："你知道文玥谈恋爱了吗？"

徐晶晶吃着菜，边嚼边回答："知道。"

我本来想接着往下说，结果她没等我开口就说道："是我叫她来北京的，我总觉得对她有责任。房子是我看帖子挨个打电话找的，她找不到工作，我托同事到处问，想着一定要帮她找到工作。她内向我外向，在外面我永远挡在她前面。可她呢？和她咖啡馆隔壁酒吧的驻唱歌手谈了恋爱，都住到人家家里了才告诉我。那男的是青海人，没有稳定工作，今天在这儿唱歌，明天到那儿唱歌，每天喝酒喝到半夜，身上到处都是文身，我实在没看懂他到底哪里好。我让她再想想,她不听,为此还和我吵了一架,到后来都不怎么回来住了。前几天给我发微信说,以后房租能不能少三百,说她一个月就回来十几天。她都没问问我找没找到新工作,手里的钱还够不够花……"

没想到徐晶晶什么都知道,听她讲完,我更不知道如何开口了。我拨弄着碗里剩下的几粒米饭,使劲想着如何让局面缓和一些,让难受的徐晶晶好受一点。

确实,和她们合租的这段时间我看出来了,徐晶晶性格好,热情爱张罗,干活儿也不计较。武文玥跟在徐晶晶屁股后面,蹭吃蹭喝。明明是一起出来的同学,却总让人误会一个是姐姐,一个是妹妹;一个心甘情愿在张罗,一个天经地义在接受。

友情的天平是何时倾斜的,只有当事人最清楚,而能否心甘情愿地接受这份倾斜,也只有当事人自己说了算。外人再怎么看,再怎么客观,都无济于事。有时候交朋友也是,周瑜打黄盖——一个愿打一个愿挨。

徐晶晶是明白人,没等我开口就主动跟我说:"姐,房租的事情我俩自己解决,虽然我还没找到新工作,但手里的钱还够花,我多出三百就是了。"

我意识到自己不用在中间当和事佬,她俩的事情徐晶晶自己能解决，便对她说："没关系的，晶晶，你有困难和我讲，我和你一起想办法。"

原以为这件事就此告一段落了，没想到武文玥的事情远不止于此。徐晶晶前脚答应多出三百之后，武文玥后脚就回来和我们说，打算和男朋友去云南发展了。

徐晶晶坐在餐桌旁一句话都不说。我正要开口，张胜男抢先一步："武文玥你疯了吧？你才和他认识多久就跟他走？你去云南干什么？他卖唱你在旁边鼓掌吗？"

张胜男声音高得感觉我们楼上正在看电视的声音都突然静止了。武文玥捏着手里的水杯不说话，沉默了半天蹦出几个字："他肯定会有办法的。"

张胜男拍着脑门，气得满地乱转。徐晶晶默不作声地坐在沙发上。武文玥显然已经做好了决定，并不是来征求意见的，只是来通知我们。

我看她还是那个样子，于是换了个角度和她讲："文玥你看这样行不行，你让你男朋友先去，等他去那边安顿好，租好了房子，找好了工作，你再去。你和他说你要和这边的老板做交接，你需要一点时间准备。"我看她稍微有了一点反应，又接着说,"我不是不相信你们之间的感情,只是担心你一个女孩子去那么远的地方,还没有晶晶在你身边照顾你,会辛苦。"

她终于张口说话了:"谢谢秦姐,我知道你们是为我好。我也是认真想过的,我这边的工作也不是什么铁饭碗,跟他去那边,没准儿是个好机会。"

我赶快接着劝她:"在北京才有好机会,大家都想留在北京拼一拼。让他先去,你等他稳定下来再去找他。"武文玥不作声,过了一会儿才说她男朋友还在楼下等她,然后就迅速出了门。

门刚一关上,徐晶晶就破口大骂:"我当初就不该叫她一起来,这个神经病,让人卖了还要帮别人数钱呢,就是不听劝。"

张胜男也生气:"这姑娘脑子里除了爱情还装别的东西了吗?还是吃亏上当少啊!"

武文玥再回来已经是几天后了,她轻轻推门进来,我们三个装作若无其事的样子,并没有上前搭理她。半晌,她主动打破了沉默,一边收拾东西一边说:"秦姐、胜男姐、晶晶,我决定和我男朋友去云南了。我想了想,还是不放心他一个人先去,我一起去的话还能帮他一把。"

还会再见吗

　　她为男朋友考虑得周全，已经完全将自己置之于脑后了，更别说为晶晶考虑考虑了。

　　我替徐晶晶感到委屈，心里盘算着是否要把武文玥少付的那几百块给徐晶晶补上。但我也担心徐晶晶会因为武文玥的离开而选择换房，一个月多出一倍的房租，换了谁可能都承担不了，假使她真的要走，我又不能迅速找到一个合得来的室友。

　　人的本能让我们在发生意外的时候首先想到的是自己的利益，即便我对徐晶晶的处境感到难过又同情，但我还是更担心自己。

　　我不知道她俩是怎么处理的，只看到武文玥迅速收拾完自己的东西，徐晶晶一直坐在客厅的餐椅上，背对着她们卧室的门，自始至终没有看武文玥一眼。武文玥想打个招呼，但看到徐晶晶那个样子，也不好说什么，只是把家门钥匙给了我，然后就关门离开了。

　　直到防盗门"砰"的一声关上，徐晶晶绷直的后背才迅速塌软，整个人趴在餐桌上，一言不发。张胜男走过去想要安慰她，手刚碰到她的肩膀，徐晶晶就瑟缩着开始哽咽，到最后直接一头扎进张胜男的怀里，哭得上气不接下气。张胜男摸着徐晶晶的头发，像安慰自己家妹妹一样安慰她。我站在旁边，不知道说什么，于是拿了一瓶酒，坐下来问她们要不要喝一点。

徐晶晶猛地灌了一口酒之后，红着眼睛说："你们说，人和人的关系真的这么脆弱吗？还是只要谈了恋爱，再好的朋友都会散？"我其实很想告诉她，武文玥这种谈起恋爱来就不管不顾的人毕竟是少数，但想了想还是没说出口，默认了她的疑问。

到北京后，我遇到过很多人，这些人因为各种原因出现在我的生活里，比如公司的同事、健身房的教练、楼上楼下的邻居，我们产生了短暂的交集，甚至在某个时间段，亲密地陪伴彼此度过了一段时光，一起分享秘密，一起买第二个半价的冰激凌，一起在深夜的海底捞火锅前吐槽前任。

那种共同经历的时刻会让人短暂地陷入一种"我们是很好的朋友"的错觉，也不能说是错觉，可能在那个阶段我们确实关系很好，彼此真心对待，也一起度过了一段珍贵的时光，但是这并不足以改变每个人的人生路径。我们在某个阶段相遇，同行一段时间，这段路有多长谁都不知道，哪里有转角、哪里会分岔也无法预料。除了珍惜当下，面对势必会发生的分离，我们再无他法。

还会再见吗

***

徐晶晶一直没从和朋友分离的不适中缓过来,整个人每天都怏怏的,打不起什么精神。好在她运气不错,找到了一家她很满意的公司,岗位从前台变成了行政助理,薪资也从刚来北京时的五千五涨到了八千。

入职前的那个周末,她一定要请我和张胜男吃火锅,我俩拗不过她的执着和热情,于是订了离家最近的一家海底捞。坐下来之后,我看了几眼张胜男,张胜男很快明白了我的意思,没点肉,只点了几盘菜,留着肉让徐晶晶自己点。徐晶晶看我俩不好意思,加了肉和菜,还点了啤酒。

这是我们住在一起之后,第一次一起出来吃饭。我曾经一度以为和室友的关系只限定于家门内的那一亩三分地,我们没有因为谁忘了收垃圾、谁占用厕所太久而产生分歧和矛盾就已经很好了,却没想到这几个我亲自选的室友会同我一起走出家门,去往同一个目的地。而我和她们,似乎也在一件件小事和无数堆叠的时间中超越了室友这种关系。

火锅里的热气冒个不停,徐晶晶刚举起啤酒瓶,还没说话,就已经红了眼眶开始哽咽。

她诉说着在北京的遭遇，感慨着遇到我们的幸运，感谢我们总帮她出主意，没有我们她可能会走很多弯路，会吃很多亏。我一边听她讲，一边回忆这段时间和她们一起度过的时光。画面如同电影一般，在脑海里一帧帧回放，那些细碎的、微小的、被忽略和遗忘的，通通出现在眼前。我也在心里暗自感慨，真的很幸运，遇到了善良热心的室友。我加班回来晚的时候，徐晶晶会给我留着客厅的灯，还有她做好的晚饭；周末早起的时候，我们会一起去附近的菜市场买新鲜的菜；她爱养花，家里的绿植都是她在打理……

　　我回忆得出神，忘了锅中的牛肉已经煮得不再鲜嫩。徐晶晶抬起头，把刚下进去的毛肚捞到我碗里，然后看着我说："秦姐，我可能不能和你们一起住了。"说完她又忍不住开始啜泣，"武文玥搬走后，我要一个人承担房租，虽然我换了工作，涨了工资，但是房租对我来说还是有点多。我最近在网上看周围的房子，一千出头，虽然住得没咱们家好，但我上班也挺方便的，以后我周末可以经常找你们玩儿。"

　　我放下筷子，一边听她说，一边盘算如何解决这个问题。多承担八百的房租我觉得有点亏，但因为几百块让她离开，我又有点舍不得。没等我开口表态，张胜男就先说话了："晶晶，我那间屋子小，还晒不到太阳，你嫌弃吗？"

徐晶晶一脸不明所以，战战兢兢地说："没有啊，胜男姐！你屋子挺好的，挺温馨的，一个人住也足够了。"

张胜男听她这个态度就接着说："那你愿意和我换吗？我去你那屋，你来我屋。我岁数这么大了，该多晒晒太阳了，正好也能帮你省点房租，你看可以不？"

徐晶晶先是意外，然后是感激，最后直接像泄洪的大坝，不管周围哄闹的环境和路人，开始哭，边哭边说："谢谢胜男姐，谢谢你。"

我转过身看着张胜男，突然觉得有些愧疚，不知道如何化解，想了半天冒出一句："那两间屋子的房租我再各便宜两百吧。多了我确实也有点难，但两百块我可以。"

张胜男坐在角落，喝了一口啤酒，摆摆手说："你要便宜给她便宜啊，我不用。你这房子真不贵，你去外面看看合租的那些，条件那么差，一个比一个贵。"徐晶晶也跟着附和："秦姐，我也不用，咱们这房子真的很好了，我每天回家都很舒服。"她们推托了几次，我也没好再坚持。

那顿饭吃完，我们三个人挽着手回了家。张胜男拉着徐晶晶的手说："晶晶啊，我自己家里有两个妹妹，看到你总让我想起我妹妹。你有什么困难就和我讲，我能做到的一定会帮你。"

徐晶晶的自然卷因为出了汗卷得更厉害了，刚刚吃饭溅在衣服上的油点子清晰可见，又高又壮的她一把将黑瘦的张胜男搂在怀里，特别恶心地亲了张胜男脑门一口说："胜男姐，我愿意当你的妹妹。"

以前我一度羞于将租来的房子称为"家"，总觉得这是短暂歇脚的地方，简陋的装潢，并不合心意的摆设，甚至不愿投资更多的钱来装扮，实在不能叫作家。但当我亲手把泛黄的瓷砖刷干净，把客厅布置成舒服的角落，在门口的鞋柜上插上了花；当我亲自选择了和我一同居住的人的时候，我知道，我选择的不仅仅是人，而是一种生活。

徐晶晶去了新公司后，变得忙碌起来，不像原来一样总有时间跟我混在一起，加班回家后有时候会瘫在沙发上刷手机，有时候会进我屋里聊上几句，我俩倚在沙发上边泡脚边聊这一天工作中的八卦。

张胜男的工作也有变动，升了公司的财务总监，经常加班。有一次她神秘地买了酒，点了小龙虾和我们在家里吃，悄悄说

还会再见吗

她涨工资了。我前脚刚说完恭喜,她后脚就又叹了口气,说她妈妈身体一年不如一年,小妹还在读书,家里用钱的地方实在太多了。我不敢劝她为自己多打算打算,也不敢让她给自己添几件新衣服,只能拍拍她,跟她说加油。

张胜男一向节省。干到财务总监的人我也认识几个,三十出头的年纪,找了条件匹配的另一半,住在地理位置不错的小区,穿的衣服没有明显的logo,但懂的人都懂,那些没有logo的衣服并不便宜。张胜男和他们一比,就像个另类。我不知道她一个月到底挣多少钱,但我估计两三万肯定有,即便如此,她依旧和我们两个挤在五环外的出租房里。

她用的护肤品是我不认识的一些国产牌子,她自己说很好用。穿的裤子、外套都是商场二次打折不超过一百块的,她冬天穿的那件羽绒服,听她说已经穿了五年了,款式早已老旧,但她还是一直穿着。

她不怎么吃水果和零食,刚住在一起的时候我们买水果互相分享的时候会给她拿一些,但因为她总是没有能分给我们的,于是后来慢慢就不互相分享了。唯一一次见她买水果,是她拎了四五个并不新鲜的梨回来。她说家门口过街天桥上坐着一个卖水果的老奶奶,就剩这么几个不新鲜的梨了,一直在和路过的人推销。但路过的人看到那几个不新鲜的梨，都没停下来。只有张胜男被叫住了，花十块钱买了五个不新鲜的梨，跟那个佝偻着后背、头发花白的老奶奶说："赶快回家吧，天都黑了。"

我很少见她周末出去和朋友聚餐，要么在屋里睡觉，要么就在加班、考证，她说她们财务要考的证书比较多，多考一个就能多赚一点钱。她衣柜里没几件衣服，门口鞋柜里只有替换的两三双鞋，卫生间的洗漱台上她的东西最少，她是我们当中收入最高的人，却过着比我们还节省的生活。

我没办法评价她的生活，朝夕相处累积的感情让我不止一次心疼她的处境，想让她对自己好一点。可说到底那是别人的人生，作为旁观者，我只了解一些皮毛，好像不管怎么劝说，都是我站着说话不腰疼。

和前任分手后，她一直没恋爱。我后来和她聊过几次她的感情问题，她自己调侃道："女人三十之前，拼了命地想给自己找个归宿和依靠，可一旦过了三十，这种想法就逐渐改变了。因为你意识到靠谁都不如靠自己。再说了，我这个样子也不适合结婚，会拖累对方。倒是你，别整天宅在家里，多去社交认识新朋友啊。"

她头发留长了，梳着一个发髻，可能是体质问题，即便吃

还会再见吗

很多，也还是黑黑瘦瘦的，眼眶深邃，眼神凌厉，并没有南方女子的柔弱和娇小。在生活重担面前，不管南北方，都要撸起袖子低头干活。

我和她一起出过几次门，百无聊赖的周末，两个人一起走路去附近的商场。她从不在正价商品区停留，只在打折区挑拣，非常了解换季商品的打折时间，唯一一次见她买正价商品，是在运动品牌店。她花三百块给她小妹买了一个双肩包，看了看价格，犹豫了很久，又逛了几家，最后还是折返回去买下了，然后寄给了她妹妹。

我的生活里从未出现过这样的人，以至于在张胜男面前，我竟然生出了几丝小心翼翼。我不知道自己为什么会产生这种情绪，想来想去觉得大概是对她有几分敬重，敬重她在并不公允的命运面前仍然以笑意面对。

张胜男二妹在南京上学，性格清冷孤僻，很少和家人联系。张胜男闲暇之余最快乐的时光应该是和她小妹打电话。南方方言晦涩拗口，即便一字一句说，我也很难听懂。只见她坐在沙发一角，眉眼带笑地聊着天，一边拽着起球袜子上的毛球，一边对着电话那头嘱咐。后来我才知道，连酸奶都要买临近日期的她，两个妹妹的生活开支都是她在负担。

我不知道完美的人生是什么样的，或许是父母双全、身体健康，人生路上遇两三知己，考一所不错的大学，找一份稳定体面的工作，在恰当的年纪遇到一个心意相通的人，然后相互扶持，相伴到老。可这样简单的生活，对于有些人来说，都没有那么容易。

***

命运的吊诡在于它并不权衡一时的公平与否，放在某些人身上善恶失衡的细节，有待时间的调剂，短期之内并不能看到希望。

我以为要等到两个妹妹毕业工作，张胜男的生活才会有些起色，可意外总是不分青红皂白，一遍遍试探着人崩溃的底线。

最后一次见张胜男，是一个稀松平常的晚上。我下班回家，见她正在着急地收拾行李，以为她要出差，我拿着一盆刚洗完的圣女果倚靠在她房间门口，和她聊着琐碎。她蹲在那里，慌张地摆弄着衣服，直到最后，我看她为数不多的几件衣物全部被装进了那个已经严重磨损的行李箱里时，我才反应过来，她这不像是出差。

还会再见吗

"你什么情况？收拾这么多衣服干吗？"我小心翼翼地问她。

她头都不抬，一边忙着手上的动作，一边回答我："家里出了点事情，要回去一趟。"

"怎么了？是你小妹有什么事吗？"

话音未落，她顿在那里，攥着手里的衣服，久久没有出声。我停在原地，不知道是就聊到这儿还是继续往下问。她的脸上是我没看懂的神情，而我也无法判断发生了什么。

我看她并不想聊，随便说了两句就回屋了。

她收拾完离开的时候，穿着那件已经六年的羽绒服和一条深色牛仔裤，戴着一顶并不时尚的毛线帽，拎着箱子敲我的房门："我可能要回去一段时间，房间的钥匙给你留一把，阳台上的花你帮我浇浇水。"

我点头应允，然后问她："你什么时候回来啊？"

她弯腰换上运动鞋，站起身来和我说："我也不清楚，随时联系吧。"就拖着箱子离开了。

张胜男刚走那几天我还没在意，以为只是一次寻常探亲，有时候我会给她发她养的花的照片，有时候问她什么时候回来，她时而回复时而不回，到后来就彻底不回我消息了。她走了半个月后，要交房租的时候，她突然联系我，转给我一个月的房租然后告诉我，自己不能继续住了，让我帮忙收拾处理她没带走的东西。

我并没有想到她不回来了，也不清楚发生了什么，发出一连串的疑问之后得到的又是许久的沉默。我知道她应该是遇到了难事，不想深究她留下的这摊杂事，只当过去这段时间认识了一个朋友，并没有埋怨她的仓皇离开。

两天后的周六下午，她给我打了电话，接通后是掩盖不住的浪声，我问她在哪儿，她说在船上。我问她到底发生了什么，她在电话那头沉默了许久，终于开始说话。

镇上的寄宿高中鱼龙混杂，管理并不严格，那一片的学生不论好坏都在这所学校。学校里几个不学无术的孩子曾经找过她小妹的麻烦，她小妹不想惹事儿就忍了过去，但那群孩子欺人太甚，不知收敛，隔三岔五就挑衅一次两次。

一开始她小妹只是无视，再后来就不愿意去学校了，留在家里，死活不愿出门。张母找过学校几次，但都因为没抓住什么实质性的证据，学校只说是学生之间的玩笑打闹，因此也没什么结果。

还会再见吗

孩子继续消沉，学业也被耽误了，张母没什么办法，任由事态失控发展。

张母没联系张胜男，说是怕给张胜男添乱，但她想不到这件事情的发展远远超过了她一个农村妇女能承担的范围。

一开始，张胜男的小妹只是不愿上学，想在家休息几天，过了几天就开始害怕人，再往后意识时而混乱。学校觉得她无法继续读书，会影响其他学生，便劝张母领孩子回家静养。

张母接回女儿，以为在家养几天就好了。母女两人坐在院子里，女儿撕扯着头发和衣服，嘴里絮叨着什么也听不清。

被生活摧残了大半辈子的中年妇女，人生早就被侵蚀、瓦解，靠着生存的本能想要活下去。但命运似乎并不打算轻易让她如愿，反复试探着、挑衅着，伺机而动，把她的人生彻底搅了个天翻地覆。

张母并没有想到女儿会变成这个样子，再想联系张胜男已经晚了。小女儿的病情一直没好，甚至愈演愈烈，时而清醒时而糊涂。张母想找学校要个说法，但没什么证据，甚至连正式的沟通谈判也做不到，只能带着女儿到中医门诊开了一些汤药喝，祈祷老天有眼，眷顾一下这个岌岌可危的家庭。

后来有一天，小女儿坐在家门口的门槛上，衣衫破烂，嘴里不知念叨着什么，头发因为不打理缠在一起，没了光泽，看着家门口来来往往的人，流泪或者沉默。

可能是难过于女儿不久前还是聪明伶俐的样子；可能是想到她本来即将参加高考，成为家里第三个大学生却不能的痛苦；可能是觉得无法和家人交代，也有可能只是觉得累了、倦了，实在看不到头了，张胜男她妈喝了农药，不到两小时，人就没了。

这时候，事情才逐渐传开，周围的邻居朋友才找到张胜男的联系方式，打了电话，叫她回来。

她收拾行李准备回老家的那晚，刚得知妈妈已经自杀，小妹被表姨接走住在亲戚家，她需要回去处理丧事。

我不知道她是如何接受这突如其来的消息，也不知道她又是在怎样失魂落魄的情况下回了老家。母亲的丧事处理得简单迅速，张胜男摩挲着母亲的遗像，一边为母亲的解脱感到一丝宽慰，一边又有复杂的情绪油然而生。

她恨母亲的无知，又体谅母亲的无知；她恨母亲的软弱，但又知道这不是母亲的错。她曾经描绘过很多关于未来的情节，

还会再见吗

假如小妹能考到北京,她就把母亲也接过来,让她二妹也来北京工作,一家人租一个大房子。她负责赚钱养家,母亲就在家做做饭,去楼下遛遛弯儿。

那些关于未来的美好设想支撑她度过了诸多艰难时刻,也让她甘愿忍受眼下的清贫。

如今,人走茶凉,愿望破灭。如同刚刚结束一场手术,麻药劲儿还未彻底散去,只感到隐隐作痛,却不知道伤了筋骨,有些疼痛将终身伴随。她简单收拾了行李,就带着小妹离开了老家。

给我打电话那天,她正带着小妹坐在从深圳去珠海的船上。以前的同事在那边开了工厂,一早就邀请她去,她原先舍不得离开北京,这次意外发生,打电话问对方,能不能帮她在公司附近租个房子,再找个靠谱的保姆照顾妹妹。这些请求本来觉得难为情又过分,但对方一口答应下来。张胜男也就没再犹豫,一路南下,去了新城市。

命运的大雨浇灭了她人生所有的期盼和可能,往后的时光,只能小心翼翼讨一口生活。

我时常想起她和我住在一起的那段时间,她瘦弱的身影趴在客厅的窗户上,望着远处的城市和村落。而我后来再去同样的位置眺望，只觉得窗外并没有什么。

***

张胜男走后，她的房间就空了。房租压力之下，我又发帖子找室友。在付欢询问租房事宜时，我了解到我们年纪相仿，工作地点都在国贸，她在广告公司工作，和我的工作有些许联系，徐山人，于是她住进了张胜男之前住的那间朝东的房间。她很忙，经常加班，每天晚上回来就直接回屋，偶尔碰到我和徐晶晶在客厅吃饭，也只是礼貌地打个招呼。我俩虽然上班地点离得近，但很少一同出门，所以我并不了解她的生活。

我还没从张胜男离开，适应新室友的状态里回过神来，徐晶晶就谈恋爱了。

有一天，徐晶晶抱着一束玫瑰花回来，没等我看到就钻进了屋里，换好睡衣后才出来。不一会儿她来敲我房门，拉开一道门缝，头伸进来鬼鬼祟祟地问我在干吗。我看她那个样子就知道她有话要说，拍拍床边的位置，让她进来。她穿着睡衣，抱着刚洗好的葡萄，躺在我床上，一边给我递葡萄，一边说："姐，我恋爱了。"

还会再见吗

我本来还在刷手机，突然听到她恋爱的消息，一下子坐直了，瞬间来了精神："这是好事儿啊！啥时候恋爱的，是你同事吗？"

自从武文玥去了云南后，徐晶晶一直无精打采，曾经形影不离的人离开，让她像是少了支柱一样，即便有我们陪伴，但独在他乡的漂泊感还是时常闪现。所以听到她谈恋爱了，我忍不住替她开心。她嘴角的笑意藏都藏不住，眼睛里似乎冒着星星："特别神奇，他是我们公司业务部门的，我们在部门活动时遇到的，聊了几句才知道我们是老乡。"

我一脸诧异："这么巧吗？和你一个地方的？"

"不是一个地方的，但离得不远，开车一个小时左右就能到。因为是老乡，所以就觉得很亲切，也有很多共同话题，活动那天我俩就一直在聊天，后来加了微信，就熟络了起来。他经常约我一起吃午饭，后来就开始追我，给我买奶茶，约我出去玩。我没和你说是因为没想着能很快谈恋爱，想等有了结果再告诉你，结果我俩真的很投缘，进展比我想象的还要顺利。今天送我回来的路上，他捧着玫瑰花跟我表白了，我就答应了。"

我看徐晶晶一脸幸福的微笑，知道无须再多说什么，真诚地祝福她就行。

恋爱后的徐晶晶周末基本都和男友腻在一起,把之前那些没去过的景点全都补了一遍。男友住的小区离我们并不远,两个人时常一起做饭吃。徐晶晶总是一脸幸福地夸男友对她很好,很照顾她,从不让她干重活。我很相信徐晶晶的话,对方应该是个可靠的人,从徐晶晶的眼神里就能感受到被爱的笃定和自信。

狭路相逢,有爱人者胜。

恋爱后的徐晶晶很少和我讲工作中的烦心事,也很少和我说武文玥的事了,她的生活里有了还不错的工作和可以依赖的人。我见过徐晶晶的男友几次,一米八的个头,说话和徐晶晶一样,带着东北口音,穿着普通的运动衣,站在徐晶晶旁边,两个人看起来很般配。

恋爱几个月后,徐晶晶的房间也到期了,她便没再续租,和男友一同租了一间公寓,还是在这个小区。合租是北漂情侣在北京水到渠成的选择,为了省一半房租也好,为了感情也罢,大家默认接受了这个约定俗成的规则。

她搬走那天,外面下着毛毛雨。两个人为了省钱,没有找

还会再见吗

搬家公司,从物业借了一辆小推车,一趟趟地运东西。我看着她离开,当年她住进来的情形一幕幕浮现在眼前,这些年共度的时光、彼此陪伴的时刻,就着此刻的雨,在我心里流淌。

徐晶晶搬走后,我还没来得及找新的租客就进入了异常忙碌的阶段。公司的项目一个接着一个,加班逐渐成了日常,回到家经常是半夜了。

徐晶晶的房间被我堆放了一些杂物和纸箱,我懒得打理,也懒得迎接新人。

住在隔壁的付欢没什么存在感,即便她在屋里,我也总觉得只有我自己。我们很少交流。她性格慢热,我也不怎么主动,我们一直维持在客气的点头之交的份儿上。她不进厨房做饭,我也很少下厨,周末几乎就是各自点外卖在各自屋里吃。我时常会感受到寂静和孤独,也就在那时,我意识到,能遇到性格合适的室友,能不费力地相处,是一件很难得的事。

我曾经以为付欢和张胜男一样,只是慢热,时间长了,会逐渐熟悉起来。但后来发现不是的,有些人就是恒温的水,不凉也不热。

再到后来,我涨了工资,徐晶晶那屋放着我健身用的器械,也逐渐没了再找一个人住进来的打算。房东阿姨把房子租给我后就去了台湾，和女儿一起生活。她把房子托付给我好好照顾，几年也没涨过房租。

就这样，我过着形单影只的生活。一个人吃饭、睡觉，一个人去附近的超市买菜；很想养一只猫，但又很害怕猫会生病；偶尔和朋友见面，分开后只觉得孤单更甚。一直没谈恋爱，似乎也不是很向往。我很羡慕那些对爱情很是憧憬和向往的人，他们似乎并不畏惧情感关系里的不确定性，也不抗拒要和一个人磨合许久之后，才能建立一段和谐稳定但又不知道能持续多久的亲密关系。可能是生性冷淡，也可能是对人性的悲观，我不愿束缚一人成为我的唯一，也不愿和盘交出我的自由。

离家多年的生活似乎早已让我养成"一个人便是一个家"的心态。

爱情没有什么进展，工作也一直不温不火的。隔壁部门新来的领导比我小五岁，什么意思呢？资质平庸的人进入社会沉浮奋斗多年，却可能只走到了一些人的起点。不是我不努力，也不是我不上进，有些时候，事业也讲机缘巧合。

我承认，我既不是有运气的那类人，也不是能力很强的那类人。我没想换工作，虽然知道自己可能混不了多好，但现在

还会再见吗

公司的同事相处还算舒服，公司待遇也还行。我从来没想过不切实际的一夜暴富，当然也没想过会有什么崎岖纵横的弯路，能维持现状就挺好的。

但生活总会出其不意地给你考验。体检被查出甲状腺癌是我完全没想到的事情，我一边查资料、找病友，一边计划着什么时候手术，工作怎么安排。本来没想过回家的，但想到要一个人在北京动手术还是有点不安。这个时候，作为外地人的漂泊感与无助感会迅速膨胀，直至在你心中炸出一个洞来，填满自己的孤单与渺小。

最开始你觉得只要在北京有个落脚地就不错了，一间十平方米的房间就可以安放你的青春和梦想。再后来你想要一个家，这个家没有陌生的合租室友，可搬了几次家、和房东吵了几次后，你意识到租来的房子永远不是真正的家，它无法带给你安定感。所以你开始想要一套属于自己的房子，一本写着自己名字的房产证。上百万的首付之后，是几百万的贷款。

但到此刻，也还是不够。有了房子你会发现，你没有在这个城市的身份，你只是一个有房子的外地人，你想要户口带来的安全感，于是又有一拨人需要通过婚姻、通过考试解决户口。

最终你住进了写着自己名字的房子里,有着有本地户口的伴侣,可你推开门走出小区,在人潮涌动的街上听到了很久没出现在耳边的乡音,你突然觉得,为什么你的家人都不在身边呢?

你属于这里了吗?可能还不是。

我从来不觉得自己属于这里,如同我从来不执着于要在这里扎根。也许是还不够成熟,买房、结婚这些成年人绕不开的话题并没有成为我当下的必选项。但这次生病,我发现身边没有合适的人可以商量时,就好像风平浪静的海面上突然起浪了,站在船上的我一下子慌了。

我妈知道我病了后,二话不说就让我请假回家,还帮我联系了医院准备手术。生病以来因为担忧和胡思乱想而悬着的心,因为家人的存在终于有了片刻安宁。

我向公司请了假,立即回了家。也许是心态不同了,也许是时间不一样了,从前只是过年才回来的我已经很久没有见过夏天的西安了。家门口的早餐店还是我上学时的那家,换了招牌还重新装修了。我爸养了几个月的狗见到陌生的我竟然格外温驯,我爸说它知道我们是一家人。我妈打起精神想要安慰我,

还会再见吗

但每当要开口时总是先红了眼睛。

我知道甲状腺癌是女性高发疾病，但没想到会发生在我身上。我知道这种癌症应该要不了命，但还没结婚就要在脖子上留下永久伤疤，还是忍不住会难过。我妈变着花样做饭给我吃，我爸每天都叫我一起看电视剧。因为突如其来的病导致了生活的停摆，竟然让离家许久的我享受到了一段难能可贵的家庭欢乐时光。

手术后，妈妈开始劝我不要回北京了。我犹豫着，迟迟做不出决定。一方是熟悉踏实的家乡，有着让人有安全感的乡音；另一方是承载我多年自由和梦想的城市，哪一边都不想舍弃。

我也想过，北京到底有什么魔力，吸引我一直惦记着它。我后来想了想，可能不是有什么魔力，而是习惯让人总是做出相同的决定。我习惯了独自在北京的生活，习惯了拥挤的地铁和夹杂着各种口音的饭店，习惯了刷着外卖软件找饭吃，习惯了躺在楼房顶层的露台上和朋友谈天说地。

我妈知道我执意要走，也不阻拦了，开始默默帮我收拾回北京的行李。我看着她欲言又止的样子，心生不忍，跟她说我再请一周假多待几天，陪陪她和我爸。遣词造句酝酿了很久发出那条请假消息后,我提心吊胆了很久,没想到领导竟痛快地同意了。

本想措辞感谢下领导,下一秒领导又发来几句让我好好休息的话,却叫错了我的名字。我本以为她是口误,紧接着她又叫错一次,让我把之前没干完的工作交接给别的同事。那一刻,我觉得我可以走了。

这件事很小,小到这只是工作环节中不起眼的事,小到它不足以显示我在北京生活的好坏,但在那一刻,在我内心的天平本就左右摇摆的时刻,足以改变局势,那一瞬间,突然让我对北京没了期待。

决定留在西安后,高中同学介绍我在我们市里一所私立小学当老师,挣得不多,但够花。闲暇的时候我开始在网上写发生在北京的故事,有我的故事、朋友的故事,还有朋友的朋友的故事。

徐晶晶和男友回了东北老家,买了房,开了一家女装店;张胜男还没结婚,但是赚了不少钱,两个妹妹也不用她操心了;武文玥和青海男友分手了,独自去了杭州;我退租前付欢也搬走了,她工作拼命,晋升很快,换了更大的房子,听说我在写网

还会再见吗

文，跟我说想出版的话可以联系她。

那些奋力挣扎于北京的外地人，如同逆流而上的鱼群，蛰伏、蓄力，顺势而跃。

我原以为生命会有一些壮阔绮丽，至少不输日升月落、山河湖海。但回头去望，三十而至，一切如同白驹过隙，伸手去抓，如风如梦。

想起博尔赫斯的一首诗，用它吊唁逝去的时光、多舛的命运，再合适不过了：

命运之神没有怜悯之心，

上帝的长夜没有尽期。

你的肉体只是时光，

不停流逝的时光，

你不过是每一个孤独的瞬息。

我们还会再见吗?

你有想再见的人吗?

后来,你们有再见吗?

图书在版编目（CIP）数据

还会再见吗/白子玉著.－－成都：四川人民出版社，2023.10
 ISBN 978-7-220-13383-1

Ⅰ.①还… Ⅱ.①白… Ⅲ.①故事－作品集－中国－当代 Ⅳ.①I247.81

中国国家版本馆CIP数据核字（2023）第146266号

HAI HUI ZAIJIAN MA
还会再见吗
白子玉 著

出 版 人	黄立新
出 品 人	武 亮 刘一寒
策 划	郭 健 石 龙
责任编辑	范雯晴
责任校对	陈 纯
产品经理	王 月
封面插画	志志超
封面设计	末末美书
内文摄影	喜 子
版式设计	Violet 许 可
出版发行	四川人民出版社（成都三色路238号）
网 址	http://www.scpph.com
E-mail	scrmcbs@sina.com
新浪微博	@四川人民出版社
微信公众号	四川人民出版社
发行部业务电话	（028）86361653 86361656
防盗版举报电话	（028）86361653
照 排	天津书田图书有限公司
印 刷	天津光之彩印刷有限公司
成品尺寸	145mm×210mm
印 张	8.25
字 数	135千
版 次	2023年10月第1版
印 次	2023年10月第1次印刷
书 号	978-7-220-13383-1
定 价	49.80元

■版权所有·侵权必究
本书若出现印装质量问题，请与我社发行部联系调换
电话：（028）86361656